KB047902

최초의 책

최초의 책

이민항 장편소설

㈜자음과모음

차례

If you find the old Alexandrian library or Biblioteca Apostolica Vaticana while you are reading a book, please let us know without hesitation. We will reward you generously.

The Royal Society of Old Books

만일 당신이 책을 읽는 도중, 고대 알렉산드리아 도서관이나 바티칸 도서관이 보인다면, 주저 없이 저희에게 연락 주십시오. 후사하겠습니다.

—영국왕립고서적학회

풀잎도서관, 2016년

풀잎도서관으로 가는 길은 희뿌옇게 변해 있었다.

자전거가 허연 안개 속으로 들어가자 물방울 가득한 바람이 뺨을 스쳐 갔다.

사흘째 공기는 습하다 못해 눅눅했다. 비라고 하기는 뭐한 안개비가 도무지 그칠 줄 몰랐다. 차라리 시원하게 퍼붓고 그만두면 좋으련만. 페달을 밟을 때마다 교복 바지가 허벅지에 척척 감겼다.

그냥 집에 있는 게 나았을까 하다 이내 마음을 고쳐먹었다. 같이 일하던 정민이 형도 그만두었으니 이제 권영혜 선생님을 도울 사람은 나밖에 없다. 도서관도 이렇게 된 마당에 선생님 혼자 끙끙대는 걸 보고만 있을 수는 없었다.

풀잎도서관은 다음 주에 폐관될 예정이다.

그곳은 강원도, 아니 전국에서 손꼽히는 도서관이다. 학교 근처에 있는 이 아담한 도서관이 보유하고 있는 장서가 대도시의 공공도서관 못지않은 데다 몇몇 희귀본도 있어 책 마니아에게는 성지나 다름없었다. 전교생이 쉰 명 남짓한 별 볼 일 없는 나의 모교에 전국 각지의 도서 지원이 끊이지 않는 건 지역 공공 도서관과 학교 도서관을 겸하고 있는 이 도서관의 후광 덕분이었다.

"사서가 되고 싶다고?"

장래희망 조사서를 훑어보던 담임선생님이 물었다. 의외라고 생각한 모양이다.

"네."

기어드는 목소리로 대답하자 담임선생님은 웃음기 가득한 얼굴로 말을 이었다.

"예전에 임용고시 준비할 때 고시원 옆방 사람이 사서 준비하던 사람이었지. 꽤 장수생이라 한번 물어봤는데, 먼저 대학교 문헌정보과에 진학해서 사서 자격증을 딴 다음, 사서직공무원 시험까지 봐서 합격해야 한다더라고. 그래야 공공도서관에서 근무할 수 있다나. 그때도 정원이 꽤 적었는데 작년에 얼마나 뽑았더라…… 마흔 명 뽑았네."

"강원도에서요?"

"아니. 전국에서. 그것도 서울만 스무 명. 이야! 공부 열심히 해야겠다. 그치?"

선생님 딴에는 공부 열심히 하라는 의도였지만 그 후 나는 완전히 자신감을 잃고 말았다. 담임선생님의 말이 맞았다. 도서관에서 아르바이트한 지는 꽤 지났지만, 아직 어중간한 위치였다. 사서 선생님들까지 언급하지 않더라도, 같이 일하는 정민이 형조차 문헌정보과를 졸업했으니 나보다 한참 앞서 있는 상태였다.

한동안 풀이 죽어 다니던 내게 담임선생님은 미안했는지 3학년 선배가 졸업하며 결원이 난 학교도서위원 자리에 나를 추천했다고 말했다.

그렇게 감투를 쓰게 되었지만, 그것도 그리 대단한 것은 아니었다. 도서위원은 사서 선생님들 도와주라고 학교에서 뽑는 일종의 명예직이었다. 방과 후 학생들의 도서 대출과 반납만 도와주면 되는 거다.

하지만 나는 주말 도서관 안내 도우미까지 맡겠다고 했다. 전국 각지에서 풀잎도서관의 명성을 듣고 찾아오는 관광객들에게 도서관의 역사와 장서 같은 걸 소개해 주는 일이었다. 사서 선생님들은 그럴 필요까지 없다고 했지만 나에게는 그렇게 하고 싶은 이유가 있었다.

"일찍 왔네. 고윤수."

거치대에 자전거를 세우고 있을 때 내 이름을 부르는 이가 있었다. 권영혜 선생님이었다.

"안녕하세요. 선생님."

"매번 보는 사이인데 인사는 무슨. 아직 개학 안 했는데 어인 일이야?"

"선생님 도와드리려고요."

권영혜 선생님이 방학인데도 교복을 말끔히 차려입은 나를 신기한 듯 바라보았다. 아빠를 속이려면 어쩔 수 없다. 요즘같이 농사일이 바쁜 시기에 도서관에 간다고 하면 못 가게 할 게 뻔했기 때문이다.

"열심이네. 나야 도서관이 직장이라 그렇다 쳐도."

"저도 '학교'도서위원이잖아요. 풀잎도서관은 학교도서관이기도 하니."

"그래. 네 말이 맞다."

선생님은 언제나 나를 아이 다루듯 하신다. 여전히 처음 만난 그때의 모습으로만 보여서일 것이다.

권영혜 선생님을 만난 건 중학교에서의 첫 겨울방학이 시작될 무렵이었다. 이를 기억하는 건 그즈음 아빠와 엄마가 이혼했기 때문이다. 혼자 겉돌고 있던 내게 아빠는 점심값과 함께 도서관 회원증을 끊어 주었다. 돌아다니면서 쓸데없는 짓 하지 말고 책이나 읽고 오라는 소리였다. 가기 싫다고 난리 치다가 등짝을 맞았다. 선택의 여지가 없었다.

그러나 도서관은 의외로 괜찮은 장소였다.

만화책도 비치되어 있는 데다 시청각실에서는 고화질 영화 DVD를 온종일 공짜로 볼 수 있었다. 그러다 배고프면 매점에서 끼니를 해결하고, 졸리면 열람실 책상에 엎드리면 되는 일이었다. 그렇게 도서관은 어느 사춘기 소년의 하루를 책임지고 있었다.

그때 권영혜 선생님은 재능기부 형태로 도민을 위한 무료 교양 강좌를 하고 있었다. 만화책이나 DVD가 지겨워질 무렵이면 나는 교양강좌를 들으러 갔다. 선생님의 '고전문학 다시 읽기' 강좌는 나름 인기를 끌고 있었다. 고전이라 불리는 책들은 도서관의 끝판왕답게 내가 읽기에는 지나치게 어려웠지만, 선생님은 그런 고전과 친해질 수 있도록 책의 내용 대신 책에 얽힌 이야기를 들려주었다. 가령 도스토옙스키는 사형 직전 살아난 경험을 바탕으로 『죄와 벌』을 썼다는 것, 스콧 피츠제럴드의 『위대한 개츠비』가 실은 작가 자신의 이야기라는 것, 김소월의 『진달래꽃』 초판본이 지금은 희귀해서 가져다 팔면 돈 좀 될 거라는 것, 공자는 원래 『육경(六經)』을 편찬했으나, 그중 하나인 『악기(樂記)』를 진시황이 분서갱유 때 다 태워 버려서 지금은 『오경(五經)』만 전해진다는 것 등.

책에 대한 선생님의 방대한 지식을 듣는 일은 의외로 재밌어서 시간을 허비하러 온 나의 시간도 멈추게 할 정도였다. 독서 강좌 본연의 읽기 활동은 빠져 있었지만, 선생님의 강의는 책을 찾아 읽지 않고는 못 배기게 만드는 매력이 있었다.

그런데 그렇게 느낀 건 나만이 아닌 듯했다. 평생 책과는 거리가 멀 것 같은 동네 어르신들이 스스로 『죄와 벌』이나 『위대한 개츠비』를 찾아 읽고 있었던 것이다.

"학교 책 때문에 온 거지?"

"아마 그럴걸요?"

"그거라면 이미 읍 도서관으로 옮겨 갔을 테니 걱정 마. 그래도 학교에서 엎어지면 코 닿을 데 있는 도서관이 없어지는 건 슬프겠네."

차라리 꿈이었으면 하는 일에 대해 내가 아무 말 하지 않자, 선생님이 한숨을 쉬며 말을 이었다.

"사람들이 그렇게까지 했는데도 소용없나 봐. 이 오래된 도서관이 없어지는 건……."

지금 가장 괴로운 사람은 선생님이 아닐까. 권영혜 선생님은 이곳 상용이 고향이고, 풀잎도서관을 보며 사서의 꿈을 키웠고, 고대하던 사서가 되어 국립중앙도서관에서 일하다 정년퇴임 후 다시 풀잎도서관에 와서 그 뒤로도 20년을 더 일했다. 그런데 그런 도서관이 없어져 버린다니.

"미사일 기지를 다른 데다 지을 수 있지 않아요?"

"여기가 최적지래. 그러니 도서관 같은 건 안중에도 없을 거야."

풀잎도서관 부지가 미군의 새로운 미사일 기지로 선정된 것은 불과 한 달 전의 일이다.

지역 주민들과 풀잎도서관을 사랑하는 전국 각지의 사람들은 반대 서명운동을 하고 국회에 탄원서를 보내고 방송에도 나갔다. 그러나 군사시설, 그것도 국가안보에 직결된 미군의 군사시설이 들어오기 때문에 우리가 할 수 있는 일은 많지 않았다. 시위하는 어른들을 '빨갱이'라 부르는 사람들도 있었고, 누군가 돌로 이장님 댁 유리창을 깨는 일도 벌어졌다. 결국, 어른들은 싸움을 그만두기로 했다. 고작 도서관이기 때문에 끝까지 싸울 이는 많지 않았다. 모든 것이 결정되자, 일은 빠른 속도로 진행되었다. 정부에서는 풀잎도서관을 허무는 대신 근처 읍 도서관을 증축하기로 했다. 그것도 전자책까지 빌릴 수 있는 최신 시설로 말이다.

"학교도 내년부터 신입생을 받지 않는대요. 지금 학생들 졸업하면 폐교할 거라나."

"저런, 그렇게 되었구나. 아무래도 기지 부지에 학교가 걸쳐 있는 게 교장 선생님도 부담스러우셨나 보다. 그럼 윤수는 상용고등학교의 마지막 입학생이자 졸업생이 되는 거네?"

"네."

짧은 대답과 함께 나는 학교 쪽을 바라보았다. 학교에서 도서관으로 내려오는 느티나무길 한가운데에 통제구역을 의미하는 철조망을 설치하는 공사가 한창이었다.

도서관 정문에는 일주일 뒤 폐관한다는 안내문이 큼지막하게 붙어 있었다. 권영혜 선생님은 정문 앞에 달린 커다란 자물쇠에 열쇠를 넣었다. 문고리에 둘러쳐진 굵은 쇠사슬은 마치 오지 말아야 할 곳에 들어가는 기분마저 들게 했다.

도서관 안은 이런저런 잔해와 먼지, 의자나 책상 같은 사무 집기들, 파기되지 않은 문서들로 아수라장이었다. 선생님은 내게 몇 번이고 조심해서 걸으라며 주의를 주었다.

우리는 계단을 올라 2층으로 향했다. 계단 앞 벽에는 도서관의 역사가 적힌 패널이 반쯤 기울어진 채 대롱대롱 매달려 있었다. 처음 관광객들을 안내할 때 많이 커닝하던 거였다. 지금이야 눈 감고도 읊을 수 있지만.

풀잎도서관 연혁

1953 한국전쟁에 참전 중이던 영국군 정보장교 데이비드 모어(David More)가 과거 면사무소 건물에 마을 사람들을 위한 임시 도서관 건립

1956 면사무소 건물을 두송 중고등학교로 인가
2층 일부를 학교 도서관으로 사용하기 시작

1979 상용고등학교 개교
두송고등학교 폐교 후 도서관으로 재건축 시공

1981.1.1. (現) 풀잎도서관 개관

2000 대한민국 아름다운 도서관 문화관광부 장관상(賞) 수상

선생님은 2층 열람실 앞에서 멈추었다.

열람실 앞에는 미닫이문이 하나 달려 있다. 문을 열고 들어가는 건 아까보다 쉬워 보였지만 선생님은 열쇠를 꺼냈는데도 한동안 멍하니 서 있었다. 그러더니 열쇠를 다시 가방에 넣고 문 앞으로 다가가 문틀을 쓰다듬었다. 조심스레 열었다 닫았다도 해 보았다. 그것은 어떤 의식과도 같았다.

미닫이문은 도서관의 거듭되는 개보수에도 살아남은 것이었다. 내 또래였던 오래전 그때가 생각나서인지, 아니면 수십 년의 추억을 떠나보내기 어려워서인지 알 수 없었지만 그게 무엇이든 선생님의 마음이 고스란히 전해지는 것 같아 가슴이 아팠다.

“미안. 이제 들어갈까?”

열람실 안은 생각보다 넓었다. 다만 어른 키보다 크고 육중한 철제 책장들이 기울어지거나 쓰러져 있어 안쪽까지 깊숙이 들어가는 건 위험해 보였다. 책은 몇 권밖에 보이지 않았는데 이마저도 마구잡이로 찢겨 있었다. 그래도 선생님은 그 속에 파묻혀 있을지 모를 단 한 권의 책을 찾기 위해 이리저리 꼼꼼히 살펴보고 있었다.

“이런 곳에 온전한 책이 있을까요?”

“물론. 한 권이라도 더 찾아 내는 게 우리 같은 사서의 임무야.”

선생님이 힘주어 말한 '사서의 임무'라는 말이 왠지 마음에 들었다.

"저도 같이 찾아볼게요."

"아니. 여기는 내가 볼 테니까 윤수는 지하 창고 쪽을 좀 봐 줄래? 학교 책들은 다 그쪽에 있을 거야."

"그렇게 할게요."

"책을 찾거든 그 앞에 걸린 장부에 '출고'라고 쓰고 책을 책상 위에 얹어 놓으면 돼. 그럼 나중에 아저씨들이 읍 도서관으로 가지고 갈 거야."

"간단하네요."

"그렇게 생각하면 안 돼. 거기도 여기만큼 위험하니까……. 항상 조심 또 조심."

"네."

"마무리되면 연락해. 이따 읍내 가서 떡볶이나 먹자."

선생님의 요청대로 나는 지하 창고로 향했다.

평소 닫아 놓았던 두꺼운 철문이 활짝 열려 있었고, 문고리에는 그 문의 두께만큼 두꺼운 장부가 하나 걸려 있었다. 낑낑대고 그것을 들고 와 앞에 있는 책상에 걸쳤다. 장부에는 1988년부터 지금까지 도서관이 보유한 장서 목록이 빼곡히 적혀 있는데 그 이전의 기록은 분실된 것 같았다. 창고 안으로 들어가기 전 장부를 빠짐없이 훑어보았다. 혹시 학교의 책이 남아 있는지 확인하고 싶어서였다.

다행이야.

나는 안도의 숨을 내쉬었다. 학교의 책들은 9할이 '출고', 남은 1할은 '파기'되어 있었다. 물론 책보다는 선생님이 걱정되어 왔지만, 그래도 오길 잘했다고 생각했다. 이렇게 눈으로 확인하지 않으면 책들이 어떻게 됐는지 궁금해서 답답했을 것이다. 정식 사서는 아니지만, 그리고 앞으로 사서가 될 수 있을지도 잘 모르겠지만, 맡은 일에 대한 책임감만큼은 뒤지지 않는다고 자부하니까.

응?

장부의 도서목록 사이로 보이는 것이 있었다. 서고 장기 보관. 상태는 공란.

산 책은 읍 도서관에 가 있고 죽은 책은 어쩔 수 없다지만, 이렇게 아무것도 적혀 있지 않은 책은 살았는지 죽었는지 알 수 없는 책이다. 어쩌면 사서의 임무를 지닌 이가 자신을 찾아 주길 기다리고 있는지도 모른다. 그러나 내가 미간을 찌푸리면서까지 애쓴 것은 그 때문만은 아니었다. 뭔가 익숙한 게 보였기 때문이다.

026-권895ㅇ　　위대한 도서관과 사라진 책 (권영혜 저)

권영혜?

문득 다른 사서 선생님들에게 들었던 얘기가 떠올랐다. 선생님이 책을 쓴 적이 있다고. 하도 오래전에 출간되어 다들 책 제목까진 모르고, 그냥 책을 썼구나 정도로만 알고 있었다. 권영혜 선생님에게 직접 물어봐도, 자랑할 일은 아니라며 지금은 절판되어 구하기 힘들 거라고만 하셨다.

세상에, 진짜였어.

내 눈이 잘못되지 않았다면 그런 것 같다. 장부를 쭉 훑어봐도 '권영혜'라는 이름은 단 한 명뿐이었다. 그래도 본인에게 직접 확인할 때까지 그게 선생님의 책이라고 단정 지을 수는 없었다. 학교에 있던 책들이 잘 옮겨진 것을 확인해서 대충 시간만 때우다 가려고 했는데 그럴 수 없을 것 같았다.

함 찾아보지, 뭐.

나는 창고 안으로 들어갔다. 무슨 이유에서인지 그 책을 찾아 선생님의 확인을 받고 싶었다. 〈라이언 일병 구하기〉에서 톰 행크스도 라이언 일병을 구하는 게 세상에서 가장 가치 있는 일이라고 하지 않았던가. 지금 '026-권895ㅇ' 구하기는 상용고등학교 도서위원이자 권영혜 사서의 도우미인 나, 고윤수에게 가장 가치 있는 일이었다.

그러나 그 안에는 책들의 무덤만이 펼쳐져 있었다.

처참했다.

2층과는 비교도 안 될 정도로 많은 책이 찢기고, 구겨지고, 마구 널려 있어 눈 뜨고 보기 힘들 정도였다. 책과 건물 사이에 있던 무언가의 조각들이 비빔밥처럼 한데 버무려져 있었다.

파본=의미 없는 책.

이들 대부분이 분실 또는 공란으로 처리되어 있겠지. 모두 흩어지고 이내 버려져도 아무도 신경 쓰지 않을 것이다. 끝을 생각하기에는 이른 나이지만, 그런 이상한 감정이 들 정도로 도서관은 끝장나 있었다. 이런 곳에서 선생님이 썼다는, 아니 쓴 것일지도 모르는 그 책을 찾을 수 있을까?

"아앗."

쑤석거리고 다니다 유리 조각에 그만 손가락이 베이고 말았다. 그와 동시에 든 생각은 이 속에 책은 없다는 거였다. 선생님이 쓴 『위대한 도서관과 사라진 책』 역시 저 어딘가에 잡동사니가 되어 섞여 있을 거라 생각하니 머리가 멍해졌다. 더 찾아봤자 시간 낭비일 것 같았다.

다 포기하고 돌아가려던 그때.

"와아앗!"

나는 그만 크게 소리치고 말았다. 얼마 전 반 대항 축구경기에서 골을 넣은 것처럼. 얼굴은 땀으로 범벅이었지만 상쾌한 기분마저 들었다. 창고의 저 안쪽에서 선생님의 책은 얼굴을 내밀고 있었다. 권영혜 작가의 『위대한 도서관과 사라진 책』은 책장과 책장이 서로 비스듬히 기댄 사이, 종이가 낙엽 더미처럼 쌓인 그곳에 살포시 놓여 있었다.

그런데 왜 항상 행운과 불행은 같이 오는 걸까? 책은 이 안에 있는 다른 것들처럼 온전한 모습이 아니었다. 책의 겉표지와 앞쪽 일부가 책장 사이로 삐져나온 실밥과 함께 겨우 붙어 있을 뿐이었다.

그래도 저건 가져가야 해.

실밥이라도 잡아 보려고 했지만 닿지 않았다. 꺼내려면 아무래도 책장을 치워야 할 것 같았다. 자리에서 일어나 책장 중 하나를 밀어 보았지만, 꿈적도 하지 않았다. 이러다 책장이 쓰러지기라도 하면 아예 꺼낼 수도 없을 것 같아 그만두었다.

다시 쪼그려 앉아 그 안을 비집으려고 팔을 뻗어 보았다. 팔 하나가 겨우 들어갈 정도였다. 얼마 못 가 어깨가 빠질 듯 아파서 팔을 다시 빼려고 했지만, 마음처럼 되지 않았다. 순간 공포가 등골을 타고 주욱 흘러내렸다. 그대로 끼어 버린 것이다. 어떡하지?

드르르르르.

천장에서 뭔가 갈리는 소리가 들리며 벽까지 흔들렸다. 철조망 설치를 위한 터파기 공사가 시작된 모양이었다. 진동 때문에 간신히 버티고 있던 책장들이 금방이라도 무너질 것 같았다. 팔이 낀 상태에서 이대로 깔려 버린다면? 그제야 나는 억지로 책을 꺼내려던 걸 포기하고 반대쪽 팔로 주섬주섬 바지 주머니를 뒤졌다. 선생님의 도움을 받아야 할 것 같았다.

드르르르.

다시 벽이 울렸다. 진동에 손끝까지 덜덜거릴 정도였다. 왼손으로 주머니 속에 있는 휴대전화를 움켜잡았다.

어서 전화를!

어깨를 돌리기 힘든 상태에서 나는 휴대전화를 꺼내어 선생님의 연락처를 찾았다.

드르륵.

책장 안의 것들이 와르르 무너져 내렸다. 흙인지 먼지인지 모를 게 앞으로 쏟아지는 바람에 나도 모르게 눈을 감았다. 오른팔에 감각이 없었다. 사정없이 짓눌린 팔 때문에 정신이 아득해졌다. 곧 육중한 책장이 내 몸을 덮치며 뼈는 마디마디 부서지겠지? 오른손이 아직 뭔가를 꾹 쥐고 있다는 느낌만 남은 채 점점 의식이 희미해졌다.

고개를 돌리고 있던 왼쪽 뺨으로 서걱서걱한 흙이 와 닿자 눈에 그것이 들어갈까 봐 꾹 감았다. 잠시 후 실눈을 뜨니 그 앞에 앙상하게 뼈대만 남은 풀잎도서관이 서 있었다. 건물을 이루고 있던 외장이 순두부처럼 으깨져 있었고 그 속으로 뚝뚝 잘린 철근이 보였다. 갑자기 흙이 날리는 바람에 다시 눈을 감았다.

방금 본 것은 도서관의 미래일까?

눈을 뜨자 다시 책들의 무덤이 보였다. 손끝에 아직 무엇인가 걸려 있었다. 아까보다는 확실히 손에 잡히는 느낌이 들어 이를 조심스럽게 당기자 책이 달려 나왔다.

됐어!

얼핏 보이는 표지 안쪽에서 선생님은 몇 줄의 경력과 함께 환하게 웃고 있었다. 세상에! 정말 권영혜 선생님이었다. 지금도 내일모레 팔순이라는 나이가 믿기지 않을 정도로 동안인데, 저 당시에는 더 예쁘셨구나.

책을 펼쳤다. 목차에는 분명 400쪽까지 적혀 있는데, 반절 이상이 찢겨 나가 손에 쥔 건 100쪽 남짓한 분량이었다. 속상한 마음이 들었지만, 이거라도 건져 내어 다행이라 생각했다. 나는 털썩 주저앉아 책을 읽기 시작했다. 선생님이 한땀 한땀 적어 내렸을 그 활자들로부터 어떤 뜨거운 게 솟구쳐 올랐다.

최초의 책은 사람을 읽는 책이다. 사람이 입맛에 맞게 책을 고르듯, 그 책도 입맛에 맞게 독자를 골라 자신을 읽게 한다. K가 이 책을 쓴 이유는, 그렇게 책이 살아온 방법을 많은 이에게 고발하기 위해서다.

'이것은 영국에서 시작되었으며…….'라는 행운의 편지 첫 구절처럼 K가 이 책을 처음 만난 것은 영국이었다. 그 책이 담겨 있을지도 모를 토머스 모어의 컬렉션이 대영박물관도서관(British Museum Library)* 에 있다는 이야기를 들었다. K는 무작정 택시를 잡아타고 그곳으로 향

* 현재는 영국국립도서관(British Library)으로 개명.

했다.(머리말 중에서)

"윤수야! 윤수야!"

선생님이 부르는 소리가 아니었다면 나는 얼마 동안이고 그렇게 있었을지도 모른다. 가까스로 눈꺼풀을 들어 올리자 선생님이 걱정스러운 얼굴로 나를 내려다보고 있었다.

"깨어났구나. 다행이야."

어느새 주변이 말끔히 치워져 있었다. 나는 눈을 크게 뜨고 선생님을 쳐다보았다. 분명 책장들이 기울어져 있었고, 그 틈을 비집고 들어갔는데.

"큰일 날 뻔했지 뭐냐. 전화받았는데 아무 말 없어서 내려와 봤더니…… 글쎄 네가 책장 틈에 낀 채 기절해 있지 뭐냐. 요 앞 공사하는 아저씨들 불러다 책장을 치웠다. 몸은 어떠니? 병원 가야 되는 거 아니야?"

"괜찮아요. 팔을 조금 긁힌 것뿐이에요."

선생님에게 나의 건재함을 보여 주려 팔을 빼려고 했지만 무언가 강하게 부여잡고 있는 느낌이 들었다. 다시 힘을 주니 통증만 더해졌다.

뭐지?

그 이유를 살펴보던 나는 그만 소스라치게 놀라고 말았다. 단지 책장에 끼어 있는 줄로만 알았던 손목이 아예 벽을 통과해 녹

아들고 있었기 때문이다.

"으악! 이게 뭐죠, 선생님?"

오른손이 예리하게 잘린 듯 손등 밑으로 전혀 보이지 않았다. 피가 나는 것 같지는 않았지만, 조막손이 된 낯선 오른팔을 보며 할 수 있는 일은 많지 않았다. 아프지 않은 것은 통증을 느끼는 신경마저 다 잘려 나갔기 때문이겠지. 남은 손으로 얼굴을 감싸 쥐었다. 금방이라도 눈물이 나올 것 같아서였다.

"아아…… 어쩌지…… 이런……."

"진정해! 윤수야. 선생님이 다 설명해 줄게."

"아…… 진짜…… 하아, 어떡해요. 선생님, 저 어떡해요. 손가락 다 잘렸어요. 어떡해……. 이제 겨우 고1인데 손가락이 잘리다니, 어떡하지……."

"윤수야. 그런 거 아냐."

"아아아아아……."

"그런 게 아니라고!"

권영혜 선생님의 고함에 나는 울음을 뚝 그쳤다. 선생님은 지금 상황에 대해 뭔가 아는 것 같았다. 말하지 않아도 그 정도쯤은 알 수 있었다. 굳이 일기예보에서 오늘 비 올 확률이 몇 퍼센트라고 듣지 않아도, 선생님의 무릎 상태만 보면 비가 올지 말지를 알 수 있듯이 말이다.

"너 손가락 잘린 거 아니야. 일단 벽에서 손부터 빼자. 알았지?"

"어떻게요?"

선생님은 잠시 뭔가를 생각하더니 자리에서 일어났다. 나 역시 선생님의 도움을 받으며 조심스럽게 일어섰지만, 손이 벽에 낀 채 엉거주춤한 꼴이 되고 말았다.

선생님은 나를 일으키고는 벽의 반대편으로 걸어갔다. 얼굴에는 긴장감이 역력했다. 그러나 내가 뭐 하는 거냐고 묻기도 전에 크게 심호흡까지 마친 선생님은 다시 내가 있는 쪽으로 성큼성큼 걸어왔다.

"선생님! 이러다 부딪치겠어요!"

나의 외침에도 선생님은 아랑곳하지 않았다. 선생님은 잘나가는 영어 강사이자 사서였던 1960년대로 돌아간 듯했다. 선생님의 그런 기운찬 모습은 낯설었지만 감탄하고 있기에는 상황이 조금 위험해 보였다.

"선생님!"

대체 어쩌려는 거지?

그러나 이내 모든 것은 나의 쓸데없는 걱정임이 드러났다. 손이 낀 벽은 도저히 부서질 것 같지 않았지만, 선생님의 몸이 닿자 물처럼 찰방거리며 선생님을 받아들였다. 그런 다음 마치 샘물에 손을 담근 듯 벽 위로 파동의 고리가 펼쳐졌다.

선생님은 잠시 물 위에 떠 있는 사람처럼 보이다가 그대로 사라져 버렸다. 마술? 트릭? 초능력? 지금 선생님은 마르셀 에메의 소설 『벽으로 드나드는 남자』의 주인공 같았다. 소설 속 사나이는 벽을 통과하지 못하고 벽에 끼어 버리고 말았지만. 잠시 후 벽 뒤에서 선생님의 부드러운 목소리가 들려왔다.

"이 벽은 '암미소나소(Ammisonaso)'라는 물질로 만든 거야."

"무슨 마법 같은 건가요?"

"글쎄. 마법과 과학의 경계에 있다랄까? 이 물질은 특별한 물체가 닿으면 저절로 공명해서 물동이에 손을 담그듯 통과할 수 있어. 그 전에 벽을 통과하겠다는 엉뚱한 다짐과 벽에 머릴 찧으려는 어리석은 시도가 있어야겠지만."

대화가 끝나자 오른손이 확 당겨지는 느낌이 들었다. 선생님의 말대로 단단했던 벽은 내 몸이 닿자마자 유동적으로 변했다. 선생님의 손에 이끌린 나는 차가운 벽을 통과해 빨려 들어갔다. 거짓말 같은 모습에 아무 소리도 낼 수 없었다.

나는 들어오자마자 오른손부터 살펴보았다. 혹여 책을 놓칠까 봐 하도 손아귀에 힘을 주고 있던 탓에 손바닥이 빼근한 것 빼고는 멀쩡해 보였다.

"대단해요. 이런 최첨단 기술이 풀잎도서관에 적용되어 있다니."

"최첨단 기술이 아니야. 오히려 우리가 태어나기 훨씬 전부터 있던 거지."

"정말요?"

"예전에 발명된 것 중에 기술이 전해지지 않아 오늘날에는 사라진 것들이 있어. 로마의 시멘트나 그리스의 불 같은 것들. 멀리서 찾지 않아도 몽골 침입 때* 불탄 뒤, 아직도 복원하지 못한 황룡사 9층목탑도 있지. 이것도 그런 것 중 하나야. 옛날 사람이라고 해서 지금보다 더 무식하거나 미개하다고 생각하면 안 돼."

그렇게 말한 선생님은 두 손으로 벽을 더듬기 시작했다. 다시 나갈 문을 찾는 것 같았다. 점점 더듬는 시간이 길어졌지만, 소득은 없어 보였다.

"선생님 그런데요, 아까 제가 뭘 발견했는지 아세요?"

잠시 잊고 있던 책이 떠올랐다. 휴대전화 플래시로 벽 여기저기를 비춰 보고 있는 선생님에게 나는 손에 들고 있던 것을 내밀었다.

"이게 뭐야?"

"이거 선생님이 쓴 거 맞죠?"

권영혜 선생님은 내가 내민 『위대한 도서관과 사라진 책』의 표지를 보자마자 형언할 수 없는 표정을 지었다.

"세상에! 이거 윤수가 찾은 거야?"

"네. 맞아요."

"세상에나…… 세상에나…… 고맙다. 고마워. 완전히 잃어버린 줄 알고 포기하고 있었는데……."

* 제3차 고려 · 몽골 전쟁 시기, 1235~1239년.

선생님은 반가운 옛 친구를 만난 것처럼 내게 받은 책을 이리 저리 만져 보았다.

"아! 이럴 게 아니다. 오히려 여기라면 가능할지도 몰라."

선생님은 뭔가 떠오른 듯 벽을 더듬던 것을 멈추고, 나를 데리고 어딘가로 향했다. 오랫동안 잃어버렸던 걸 찾아서일까, 선생님은 활력이 넘쳐 보였다.

우리가 들어간 곳은 안쪽이 붉은 벽돌로 마감된 작은 방이었다. 풀잎도서관 지하에 이런 공간이 있을 줄은 상상도 하지 못했다.

그 안에는 매끈한 책장 하나와 낡은 떡갈나무 책상 하나, 잡목으로 만든 의자 몇 개만 놓여 있었다. 선생님은 내게 잠시 앉아 있으라고 하더니 어딘가로 사라졌다.

어두운 방 안에 홀로 남겨졌지만 무섭지는 않았다. 방 안을 서성이며 책장에 다가가자 질 좋은 나무에서 풍기는 향기가 느껴졌다. 그 안에는 오래된 책들이 몇 권 있었는데 특이한 것은 책 제목이 모두 영어나 라틴어였다. 지금까지 오래된 책이라면 한자로 된 책이 전부인 줄 알았는데…… 다시금 풀잎도서관의 위엄을 느낄 수 있었다.

"3년 전 이걸 쓰레기장에서 우연히 발견했을 땐 이 앞 부분을 찾는 건 욕심이라 여겼는데……. 네가 그걸 찾아내다니."

다시 돌아온 선생님은 파본 한 줌을 떡갈나무 책상 위에 올려놓았다. 이곳 비밀 지하 창고(지하 창고는 따로 있으니, 앞에 비밀을

'꼭' 붙여야 한다)에서 계속 보관하고 있던 거라 했다. 선생님은 그것을 내가 가져온 것에 대어 보았다. 꼭 맞았다. 선생님이 가지고 있던 분량은 정확히 내가 찾은 분량의 다음 부분이었다.

"이거 선생님이 쓴 거 맞죠? 그런 거죠? 근데 무슨 내용이에요?"

"뭔가 거창한 건 아니고. 주인공이 우연히 희귀 서적에 대한 소문을 듣고, 그 소문을 바탕으로 책을 찾기 위해 돌아다니는 내용이야."

"흠, 뭐랄까. 선생님이 매번 저한테 들려주시던 이야기처럼 말이죠? 잠깐……. 그렇다면 혹시 이거 선생님이 하신 여행을 소재로 쓰신 거예요?"

선생님이 사서 일을 하는 60년 동안 틈날 때마다 세계 각지를 여행한 것은 익히 들어 알고 있다. 선생님은 곧잘 자신이 여행하던 이야기를 주위에 들려주었는데, 주로 해외 유수의 도서관을 견학하고 온 것이었다. 나는 휴가 때는 좀 즐기시라며 수십 년의 나이 차이에도 불구하고 타박했지만 그럴 때마다 선생님은 도서관에 있는 게 가장 행복하다며 날 꿀 먹은 벙어리로 만들었다.

"뭐, 그런 셈이지."

"와, 대단해요. 지금까지 제가 베스트셀러 작가하고 일하고 있었다니."

"베스트셀러는 무슨. 2쇄, 3쇄는커녕 1쇄도 다 못 팔았는걸. 근데 웃기긴 하다. 희귀본에 관해 쓴 책이 희귀본이 되어 버렸으니.

윤수야, 잠시만, 뭘 좀 가져와야 해서."

"어떤 거요?"

"책에 다시 생명을 불어넣을 거야. 책이 귀하던 시절엔 이렇게 파본이 나면 사서들이 직접 붙이기도 했거든."

선생님은 다시 자리에서 일어나 책장 뒤로 향했다. 그동안 나는 본디 하나였을 책의 두 부분을 바라보았다. 주인공 K는 어떻게 되었을까?

그들은 K를 비밀 장서실로 안내했다. 헤르메티카 사서들이 머무는 도서관에는 암미소나소로 만든 비밀 장서실이 있어야 한다는 규칙을 그들은 고집스럽게 지켜 오고 있었다.
그러더니 K에게 열람을 원하는 책이 무엇이냐고 물었다. K는 주저 없이 '토머스 모어 컬렉션'의 '그 책'이라고 대답했다. 다른 건 안 되냐고 물었지만, 그 외 다른 건 필요 없다고 잘라 말했다. 그러자 어쩔 수 없다는 듯 돌아섰다가 잠시 후 뭔가를 들고 나왔다. 편지였다. 그들은 자신들이 가지고 있는 것 또한 이것뿐이라고 말했다. K는 그 진위가 의심되었지만, 이쯤에서 타협하기로 했다. 그들이 설령 K에게 거짓말을 하고 책을 보여 주지 않는다 할지라도 책은 언제나 옷을 갈아입을 준비가 되어 있으니, K가 고집부릴 이유는 없었다.

서방 사서장님 귀하,

귀하와 RSOB의 무궁한 발전을 기원합니다.

저희 집안의 장서에 관심이 있으시다고 들었습니다. 아시다시피 저는 다양하고 희귀한 책을 많이 가지고 있습니다.

사서장님께서 가장 보고 싶어 하시는 '그 책'은 토머스 모어 경의 서재에 있을 겁니다. 온전하게 보관하고 있으니 안심하셔도 됩니다.

보수에 대해서는 박물관과 RSOB에서 잘 알아서 처리해 주실 거라 믿어 의심치 않습니다.

1880년 12월 29일

짐 모어(Jim More)

(87페이지)

선생님은 접착제와 자, 커터 그리고 마분지 몇 장을 가지고 와 자리에 앉았다. 선생님의 손이 낱장에 지저분하게 붙어 있던 접착제 흔적을 조심스럽게 떼어 내더니 그것들을 다시 이어 붙였다. 마분지 위에서는 칼이 미끄러져 가며 종이들을 뚝뚝 떨어뜨렸다. 그렇게 새로 만든 책등과 책표지를 아까 붙인 낱장에 갖다 붙이자 책은 다시 온전한 모습이 되었다. 요즘 기계로 하는 제본 작업을 선생님은 능숙한 솜씨로 해내고 있었다. 거의 새로 만드는 수준의 복구였다.

"읽어 보니 어때?"

"대충 봐서 모르겠어요."

그렇게 얘기했지만, 실은 재빠르게 정독해 둔 상태였다. 선생님의 책은 르포물의 형식을 빌린 일종의 페이크다큐멘터리 같았다. 사실성을 더하기 위한 좋은 시도였다. 영화 〈블레어 위치〉처럼, 왜 실화인 것처럼 꾸민 공포영화들 있지 않은가. 열람실에서 처음 봤을 때 진짜인 줄 알고 며칠 동안 잠도 못 자다가 나중에 '뻥'인 줄 알았을 때의 허탈함이란.

"역시 딱딱해서 잘 안 읽히지? 직접 겪은 일이긴 한데 글재주가 없어서. 사서끼리의 만남을 좀 더 극적으로 표현했어야 했는데……."

"잠깐. 이거 소설 아니에요?"

"난 소설이라고 한 적 없는데? 그게 아니면 그런 귀한 편지를 어떻게 읽었겠니?"

선생님은 책상 위에 깨끗이 제본된 책을 올려놓더니 놀란 나를 보며 재밌어했다. 그렇다면 『위대한 도서관과 사라진 책』의 주인공 K가 선생님이라는 건가?

"지금 윤수하고 같네. 그때 대영박물관 사서들의 표정도. 그 사람들 내가 헤르메티카(Hermetica) 사서란 걸 알자, 그렇게 놀라면서도 반신반의했지."

"헤르메티카 사서요?"

"수천 년을 이어 온 사서들의 비밀결사야. 그래서 나름 자부심이 대단하지. 거기 영국지부가 RSOB라는 곳인데, 웬 동양인 여자가 자기들하고 같다고 하니까 대놓고 불쾌하다는 표정을 짓기도 했어. 하는 수 없이 헤르메티카 사서 규칙에 있는 임페르티티오(Impertitio)* 항목을 라틴어로 읊어 주었더니 거짓말처럼 조용해지더라고. 헤르메티카 사서 간에는 그 어떤 정보도 거짓 없이 공유해야 함을 명시해 놓은 규칙이야."

많은 게 이해되지 않아 나는 선생님의 얼굴과 책을 번갈아 쳐다볼 수밖에 없었다.

"처음은 언제나 특별한 법이야. '첫' 생일, '첫' 만남, '첫' 등교, '첫' 키스……. 내가 대영박물관에서 보려던 책도 실은 아주 특별한 책이야. 인류가 만든 최초의 책이거든."

"정말요?"

"응. 근데 이 책이 특별한 이유는 단지 처음 만들어졌기 때문만은 아니야. 그것은 스스로 자신의 모습을 바꿀 수 있거든. 그래서 헤르메티카 사서들은 아주 오래전부터 인류 최초로 만들었다는 그 책을 쫓아왔단다. 겉모습을 스스로 바꿀 수 있으니, 그 안에는 우주의 비밀이나 세계를 정복하는 방법, 금단의 지식 같은 더 대단한 게 숨겨져 있을 거라는 확신 때문이었지."

"스스로 자신의 모습을 바꿀 수 있는 책이라……. 마치 『괴도

* 분배, 베풂, 나눔이란 뜻.

루팡』 같네요."

"맞아. 하지만 언제부턴가 헤르메티카 사서들은 그것이 아주 위험한 물건이란 걸 알고 책을 찾아 읽으려는 게 아닌, 사람들이 책을 읽지 못하도록 지키는 데 힘을 쏟았어. 물론 개중에는 금단의 지식에 대한 미련을 버리지 못하고 스스로 책을 읽으려는 사서도 있었지만, 책에게 거부당하고 말았지."

"책이 거부한다고요?"

"응. 그게 바로 최초의 책이 위험하다는 이유야. 숨바꼭질 끝에 책을 찾더라도 최초의 책은 자신이 선택한 사람만이 읽을 수 있대. 독자가 책을 고르는 게 아니라 책이 독자를 고르는 거지. 그렇게 고른 독자에게 책은 자신이 겪었던 이야기를 들려주면서, 마음에 들면 계속 읽게 하고, 마음에 안 들면 중간에 그의 영혼을 확 삼켜 버리는……."

"헐. 무시무시하네요."

내가 놀란 얼굴을 하자 권영혜 선생님이 크게 웃었다. 단지 맞장구친 것뿐인데. 평소 선생님은 허튼 이야기를 하는 사람이 아니었다. 그러니 선생님의 진지한 얼굴에 대고 이상한 얘기 하지 말라고 말할 수는 없었다. 그럴 테지. 평생 모든 걸 바친 도서관이 갑자기 폐관되어 버렸으니. 아무리 산전수전 다 겪은 권영혜 선생님이라도 정신이 나갈 만하지.

그러나 먼 옛날에 만들어진 궁극의 책이 있고, 이를 쫓는 이들이 나오는 이야기는 꽤 매력적이라서 예전에도 몇몇 소설에서 읽은 바가 있었다. 『엔디미온 스프링』에 나오는 '비밀의 책'은 책을 넘기자마자 아무것도 없는 순백의 종이 위로 글자가 떠오르는데, 이를 읽는 자는 과거와 현재, 미래의 모든 지식을 알게 되어 책과 관련된 사람을 위험에 빠뜨릴 수 있다. 『책 사냥꾼을 위한 안내서』에 나오는 '세계의 책'은 신과 자연과 우주의 비밀, 개인의 운명과 인간의 본질까지 담고 있는 궁극의 책으로 세상의 모든 책이 그 책과 연결되어 있다고 한다. 만일 선생님의 말이 사실이라면, 진짜로 그런 신비한 책이 세상 어딘가에 있다는 거였다.

인류가 최초로 만들었다는 그런 책이 존재한다면 대체 얼마나 큰 가치를 지닌 걸까? 그 책을 찾아 읽는 것만으로 크나큰 영광이겠지? 나는 최초의 책에 관해 썼다는 『위대한 도서관과 사라진 책』을 다시 한장 한장 넘겨 보았다. 그러다 정작 최초의 책에 대해선 까맣게 잊고 말았다.

그 안에는 K가 아닌 권영혜 선생님의 진짜 여정이 담겨 있었기 때문이다. 세상에. '대영박물관'이라니, '사서들의 비밀결사'라니, 동양인 여자라고 무시하던 영어 쓰는 사람들을 '라틴어'로 기죽게 만들다니.

"그래서 최초의 책은 읽으셨어요?"

"물론. 끝까지 제대로 읽은 덕분에 난 우주의 비밀을 알고 있어."

"정말요?"

"하하하. 농담이지. 지금까지 그 책을 읽은 사람은 인류 역사를 통틀어 손에 꼽을 정도야. 이마저도 진짜인지 가짜인지 의심되고. 그래서 지금 그 얘기를 믿는 사람은 거의 없어. 책이 진짜로 있는 건지, 있더라도 놀라운 능력이 있는 건 황당하단 사람들도 있고. 아예 책이든 능력이든 그런 거 다 없다고 하는 사람들도 있지. 사실 나는 책이 있을 거 같은데, 놀라운 능력까지는 잘 모르겠어. 혹여 그런 능력이 있더라도 좋아하는 아이한테 고백받는 마법 정도가 아닐까?"

"어쨌든 대영박물관 얘기는 실화란 거네요."

"응, 사실이야."

본인의 확인을 받자 괜스레 웃음이 흘러나왔다. 내 주변에 있는 사람이 실은 대단한 사람이라는 것을 확인하는 건 기분 좋은 일이니까. 그때의 내용을 더 알고 싶어 책을 읽어 나갔다. 선생님의 이야기에 몰입하고 싶었다.

그러자 어떤 이유에서인지 한쪽 머리가 아파 오기 시작했다. 참을 수 없을 정도는 아니었지만, 편두통은 스멀스멀 피어오르며 금세 왼쪽 머리를 장악해 갔다.

"윤수야, 괜찮니?"

"네? 저요?"

"갑자기 안색이 안 좋아 보여."

"괜찮아요."

나는 선생님을 안심시키려 했지만 쉽지 않았다.

말이 끝나기 무섭게 두통은 정점으로 치달았다. 너무 갑작스럽게 일어난 일이라 당황스러웠지만, 소릴 지를 정도는 아니었다. 곧 괜찮아지겠지. 괜찮아질 거야.

“윤수야, 왜 그래? 왜 그러지? 아까 일 때문에 그런 거 아니야? 병원 갈 걸 그랬네!”

나의 바람과 달리 정점에 다다르자, 몇 초 정도 눈이 보이지 않고 알 수 없는 이명(耳鳴)마저 들렸다. 그제야 소리치려 하니, 이번에는 목소리가 나오지 않았다. 예컨대 오감이 빛을 잃어 가는 상황이었다. 다행히도 다시 선생님의 목소리가 들렸다. 그와 더불어 눈앞에 어떤 영상이 떠오르기 시작했다.

꿈인가?

주위를 살피자 모든 것이 흐릿해지며 울렁거리더니 곧 무언가의 모습으로 변해 갔다. 이어서 눈에 잡힐 정도로 또렷한 형태가 떠오르자, 나는 놀라지 않을 수 없었다. 아니 놀람보다는 이런 감정은 감탄이라고 하는 게 옳을 것이다.

눈앞에는 붉은 흙으로 포장된 길이 커다란 분수대까지 뻗어 있었고, 길 옆으로 그리스신화에나 나올 법한 신전의 기둥 – 나중에 안 것이지만, 이오니아식이라 불리는 것들이 즐비해 있었다. 기둥 사이로 심어진 가로수의 과실들에선 향긋한 냄새가 났고, 뒤로 조성된 정원에는 이름 모를 들꽃들이 흐드러지게 피어 있었다. 그리고 그 아름다운 길 위로 흰색과 자색 천을 두른 사람들이 걸어 다니고 있었다.

나는 그곳의 풍광에 홀려 이리저리 둘러보았다.

기둥 뒤로 커다란 방*이 일렬로 늘어선 게 보였다. 그 널찍한 공간마다 두루마리들이 만선의 그물에 걸린 물고기들처럼 그득했다. 그곳에서 책 냄새가 났다. 평소 맡아 보던 종이 냄새와는 달랐다. 그보다 더 자연에 가까운 투박하고 끈적이는 느낌이었다.

떠오른 모든 게 낯설고 신비로웠지만, 꿈인지 현실인지 알 수 없는 아름다움은 이마저도 말하지 못하게 했다.

"설마…… 내 책이? 아니야! 그럴 리가 없어. 게다가…… 윤수한테…… 책을 읽을 자질까지 있다니!"

선생님의 알 수 없는 외침이 들리는 순간, 저쪽에서 한 무리의 군인이 어느 할아버지를 포박해 끌고 가는 게 보였다. 할아버지는 매질을 당했는지 머리에서 피가 흐르고 있었지만, 사람들은 본체만체하며 제 갈 길만 가고 있었다. 그러나 구경만 해서는 안 되겠다는 생각이 들어 그쪽으로 달려갔다.

"윤수야, 안 돼! 더 있다가는 책이 널 삼켜 버리고 말 거야!"

할아버지는 바닥에 쓰러져 있었다. 여기저기 살갗이 터지고 찢어져 처참해 보였다. 옆에서 포박하던 병사들이 다시 할아버지를

* 정확히 말하면 방은 아니고, 벽감(壁龕, Niche)이라 불리는 구조다. 장식품, 책을 놓아둘 용도로 벽면을 오목하게 파서 만든 부분인데, 고대와 중세 건축물에서 많이 볼 수 있다.

일으키려 했지만, 다리가 풀렸는지 제대로 일어서지 못했다.

"얘야……. 물…… 물 좀 다오."

쓰러진 할아버지가 내 앞에 엎드려 말했다. 잠시 머뭇거렸지만 어려움에 처한 사람을 두고 갈 수는 없었다. 근처에 있는 분수에서 손에 물을 담아 와 할아버지의 얼굴에 갖다 대었다. 웬일인지 병사들은 이를 말리지 않았다.

"윤수야, 나와야 돼! 어서!"

"잠시만요!"

할아버지는 내 손우물에 담긴 물을 벌컥벌컥 마셨다. 피를 많이 흘렸으니, 목이 탔을 것이다. 할아버지는 물을 다 마시더니 내게 떨리는 목소리로 고맙다고 했다.

"윤수야! 윤수야!"

나 역시 할아버지에게 괜찮다고 대답하려다 문득 지금까지 귀에서 들리던 어떤 소리가 들리지 않음을 깨달았다. 그것은 시공간을 넘은 것이었고, 더는 그 문턱을 넘지 못하고 있었다. 이를 깨닫는 순간 주위의 모든 것이 눈 녹듯 사라지고 있었다. 아니, 일그러지고 있었다.

어지럼증은 아직 머릿속을 배회하고 있었다. 소풍 때 찻잔 놀이기구에 탄 것처럼 주위의 모든 것이 빨려 들듯 빙빙 돌았다. 어지러움의 끝에서 잠이 쏟아졌다. 나는 그 자리에 쓰러지고 말았다.

알렉산드리아 도서관, 기원전 185년

깨어났을 때 주위에는 온통 낯선 것뿐이었다.

머리가 깨질 듯이 아팠다. 처음에는 내 앞에 있던 것들이 환각인 줄로만 알았지만, 두통이 가시면서 이내 그들이 진짜임을 깨달았다. 그러나 그럴수록 혼란만 더해졌다. 교장 선생님이 훈화할 때 우스갯소리로 말하던 '나는 누구, 여긴 어디'에 대해 진지하게 고민해야 했다.

주변에 무엇이 있는지 살펴보다 머리맡에서 빳빳하게 접힌 쪽지 하나를 발견했다. 종이가 아닌 파피루스였다. 순간 나는 그것이 내 의문을 풀어 줄 중요한 물건이라 직감했다.

고윤수에게

선생님도 이렇게 될 줄 몰랐어.

벽을 통과할 때까지만 해도 반신반의했지. 하지만 이젠 모든 걸 믿기로 했어.

최초의 책이 너와 다 찢어진 나의 졸작을 선택했다는 것을.

이럴 줄 알았으면 다시 제본하지 말 걸, 아니 아예 책을 쓰지 말 걸.

후회도 많이 했지만, 지금은 오직 하나만 생각하기로 했어.

바로 윤수가 현재로 돌아오는 것.

최초의 책에 다른 책으로 모습을 바꾸거나, 독자를 선택하는 능력만 있는 것은 아냐.

그것은 겉으로 드러나는 것일 뿐. 진짜 책이 어떤지는 읽어 봐야 알 수 있겠지.

최초의 책도 책이라면 '책'이니까.

다행히 500년 전에 영국 왕립고서적학회의 토머스 모어가

과거 헤르메티카 사서들이 책의 내용에 관해 연구했던 결과를 정리해 놓은 게 있어.

최초의 책을 읽기 전에 아래 사항을 반드시 숙지하도록 해.

1. 최초의 책은 끝을 알 수 없는 여러 개의 챕터로 이루어져 있다.

2. 각 챕터의 내용은 최초의 책이 과거에 겪은 기억, 다시 말해 과거의 누군가가 책을 찾으러 다니는 이야기다.

3. 독자는 과거의 그(그녀)가 최초의 책을 찾는 데 성공했는지, 그렇지 않은지 해당 챕터를 다 읽기 전까지 알 수 없다.

4. 해가 지기 전까지 최초의 책을 찾지 못할 경우, 독자는 책 속에 갇히게 된다. 이때 시간은 현실과 동일한 속도로 흐른다.

5. 독자는 최초의 책을 찾기 위해 과거 인물의 발자취를 그대로 따라갈 수도 있고, 과거 인물에 '개입'하여 다른 이야기를 펼쳐 갈 수도 있다.

6. 독자의 개입은 챕터별로 딱 한 번 가능하다. 등장인물을 움직여 책의 내용을 바꿀 수 있지만, 그것이 좋은 결말을 보장하는 것은 아니다.

윤수야, 복잡해 보여도 딱 두 가지만 명심하면 돼.
해가 지는 시간과 개입할 타이밍.

최초의 책에는 인류가 잃어버린 금단의 지식이 숨어 있다고 하지만,
실은 생각보다 위험한 물건이야.
마치 사람들이 책을 읽다가 재미없으면 팽개쳐 버리듯
언제든지 자신을 읽는 사람을 팽개쳐 버릴 수 있거든.
내용을 미리 알 수 있다면 도움이 되겠지만,
이마저도 읽어 가면서 파악하는 수밖에 없어.

확실한 것은 책을 끝까지 다 읽어야만 모든 게 원래대로 돌아올 거라는 거야.
쉽지 않은 건 알지만 이 방법밖에 없어.

윤수를 위험에 빠뜨린 것 같아 정말 미안해.
아무것도 해 주지 못하는 것도.
네가 자질을 가진 걸 확인한 건 큰 수확이지만,
그와 동시에 정말 괴롭고 가슴이 아파.
윤수에게 행운이 함께하길 선생님은 여기서 기도하고 있을게.

-권영혜 선생님이

그것은 선생님이 보낸 편지였다. 편지를 읽으며 나는 뭔가 단단히 잘못되었음을 직감했다. 그렇지 않고서는 지금 형체가 보이지 않는 내 모습을 설명할 길이 없으니까.

내 앞의 세상은 아주 거대한 책의 낱장처럼 되어 있었다. 시간과 공간의 단면들이 여러 개의 연속 사진을 이어 붙여 놓은 것처럼 죽 늘어서 있었다. 시험 삼아 한 장을 넘기니 그 안의 시공간이 조금 움직였다. 더 넘기자 이번에는 그 안의 등장인물까지 살아 움직였다. 탄탄한 몸을 가진 어느 남자가 막 문을 열고 나가려던 찰나였다.

해 지기 전까지 최초의 책을 찾아야 한다고 했지? 나는 그 말을 곱씹으며 시공간의 책장을 넘기기 시작했다.

밖으로 나가자 쏟아지는 햇빛에 남자의 눈이 찡그려졌다.

알렉산드리아 도서관은 사방이 트여 있어 건물이라기보다 공원과 같았다. 쭉 뻗은 산책로 옆으로 기둥들이 즐비해 있고, 그 기둥들 뒤로 방들이 늘어서 있다. 방의 용도는 조금씩 다르지만 주로 파피루스를 보관하는 서가로 사용되고 있었다. 헤로도토스, 호메로스, 아이스킬로스, 소포클레스, 에우리피데스……. 방의 입구마다 세워진 그리스 작가의 흉상이 그 방의 주인이 누구인지를 나타내고 있었다.

산책로를 걷던 남자는 저 앞에 모여 있는 한 무리를 보았다.

"니코메데스!"

인파 속에서 누군가 남자의 이름을 불렀다. 그 바람에 그는 영문도 모른 채 그곳으로 달려갔다.

"어디서 농땡이 부리다 온 거야?"

니코메데스를 부른 젊은 사서는 보자마자 핀잔부터 주었다.

"늦잠을 자서……."

"얼빠진 놈."

그곳에 모인 사람들은 왕이 붙인 공고를 보고 있었다.

나 프톨레마이오스 5세가 말한다.

최근 무세이온(Mouseion)의 사서 중에 짐의 것을 탐하는 자가 있으니,

바로 도서관장이다.

그는 페르가몬 도서관으로 최초의 책을 빼돌렸다.

짐은 결백을 주장하는 그를 믿고 싶지만, 이에 대한 확증을 얻고 싶다.

만일 그대들 중 최초의 책을 찾아

이 도서관의 모든 책이 다시 짐의 것임을 증명하는 자가 있다면

짐은 도서관장을 풀어 주고 최초의 책을 찾아오는 자에게 큰 상을 내릴 것이다.

"저게 무슨 말이죠?"

"얼마 전 왕이 페르가몬과 내통했다는 이유로 스승님을 잡아갔어."

"페르가몬이요?"

"그래. 그 따라쟁이들."

그렇게 말하는 젊은 사서가 붉으락푸르락해져 니코메데스는 더 물어볼 수 없었다. 페르가몬 왕국은 알렉산드리아가 위치한 프톨레마이오스 왕국처럼 알렉산더 대왕이 죽은 후, 부하 장군 중 하나가 세운 나라였다. 주변 왕국에 비하면 약소국이지만 강대국 로마가 비호한 덕분에 현재 에우메네스 2세의 치세에서 전성기를 누리고 있었다.

문제는 이 페르가몬의 왕이 광적인 책 수집가라는 거였다. 왕은 자신이 새로 지은 도서관을 위하여 수단과 방법을 가리지 않고, 심지어 빼앗기기 싫어 땅에 묻어 버린 책까지 거둬들였다. 그러다 보니 자연스레 목표는 타도 알렉산드리아 도서관이라, 틈만 나면 이곳의 장서는 물론이고 도서관에서 일하는 사서들까지 빼가고 있었다.

"도서관장님이 처형될 거란 소문이 파다한데 수석 사서란 놈이 뭐 하는 거냐!"

"그래! 뭐라도 해 봐야지! 그날 마지막까지 같이 있던 게 너잖아."

"그럼 가서 제 목이라도 들이밀까요?"

왕의 공고문을 읽은 사람들이 점점 험악해지며 젊은 사서를 타박했지만, 그는 이에 질 생각이 없어 보였다.

"자자, 여기서 이럴 게 아니고 최초의 책을 찾으면 모두 해결되지 않을까요?"

중간에 서 있던 니코메데스가 말하자, 오히려 사람들의 눈초리가 매서워졌다. 딴에는 대립을 조금이나마 막고자 나선 건데 역효과만 난 것이다. 그러자 보다 못한 젊은 수석 사서, 사모트라케의 아리스타르코스는 그대로 니코메데스의 목덜미를 잡고 인파 속에서 나와 버렸다.

"이래서 견습 사서는 안 된다니까."

수석 사서는 툴툴거리며 니코메데스를 끌고 앞으로 걸어갔다.

알바생은 2,200년 전에도 힘들었구나.

책을 읽다가 그렇게 생각한 것은 내게도 비슷한 경험이 있어서였다. 어떤 것을 알지 못한 상태에서 누군가에게 무시당한 적이 있었다. 수석 사서는 지난겨울의 누군가를 생각나게 했다. 날카로운 인상뿐 아니라, 행동이며 말투는 영락없는 그때의 그것이었다.

그날은 유독 추워서 풀잎도서관에 사람이 많지 않았다.

1층 열람실에는 이른 아침부터 오후까지 웬 노신사 한 분만이 앉아 있었다. 넓은 열람실에 할아버지와 나, 책이 전부였다. 나는 내 일을 하고 있었고, 할아버지도 할아버지의 일만 하고 있었다. 이러한 평행선이 맞닿게 된 것은 할아버지가 내게 무언가를 물어봤기 때문이었다.

"학생, 말 좀 묻겠는데……. 여기 유리휘데스 책 있나?"

"유리…… 뭐요?"

"유리휘-데스. 그리이스 작가인데."

"유리휘데스?"

내가 우물쭈물하고 있는 모습을 정민이 형이 쳐다봤다. 대학에서 문헌정보학을 전공하고 계약직으로 도서관에서 일하게 된, 나보다 여덟아홉 살 많은 형이었다. 형은 내 쪽으로 다가오더니 할아버지가 원하는 책을 단번에 찾아냈다.

"형, 고마워요."

일한 지 얼마 안 되어 서로 눈인사만 한 정도지만 곤경에 처했을 때 구해준 사람에게 자판기 커피 정도 대접하는 것은 기본 예의다. 사실 거기서 끝났다면 좋았을 거다, 거기서 끝났더라면.

"너 청구기호 볼 줄 모르냐?"

그렇게 말하는 형의 얼굴이 일그러졌다. 그 바람에 나는 정민이 형이 학생주임 선생님인 양, 핑계를 대야만 했다.

"할아버지께서 책 제목을 말씀하셨는데 잘 안 들려서요."

"어르신께서 예전 영어 발음을 해서 못 알아들어도 그리스 작가라면 그게 철학 작품인지, 문학 작품인지만 알면 단번에 찾아낼 수 있잖아? 그리스 철학이면 160번이고, 그리스 문학이면 892번."

그러더니 형은 앉은자리에서 한국십진분류법*에 대해 가르쳐주었다. 026-권895ㅇ의 026, 첫 세 자리에 대한 의미였다. 지금까지 어설프게 알고 있었지만 제대로 안다면 000에서 999까지 세 자리 분류 숫자로 어떤 책도 쉽게 찾아낼 수 있을 것 같았다.

그러나 새로운 지식을 알게 되었는데도 기분이 썩 좋지만은 않았다. 고마운 마음에 없는 용돈으로 커피까지 사 주었지만, 남은 것은 누군가의 무시와 그런 무시를 당하고 있는 나였다.

---

* 대한민국의 도서분류체계로 KDC(Korean Decimal Classification)라고도 한다. 6판까지 나와 있다.

"공부 좀 해라, 응? 아무리 알바생이라도 도서관에서 일하려면 기본은 되어 있어야지…… 안 그래?"

커피를 다 마신 형은 종이컵을 구겨 쓰레기통에 툭 던져 버리고는 뒤도 안 돌아보고 들어갔다. 누군가의 뒤통수가 그렇게 얄미워 보이기는 태어나서 처음이었다.

수석 사서는 호메로스 서가로 들어가더니 니코메데스에게 도서관 이용객들에 의해 어지럽혀진 안을 치우도록 했다. 니코메데스는 일단 그의 말대로 했지만, 계속 이러고 있을 생각은 없었다.

"선배님! 아리스타르코스 선배님!"

니코메데스가 스무 번쯤 부르고 나서야 수석 사서가 그의 말에 반응했다. 니코메데스는 스승이 목숨을 잃을 판국에도 태연히 책만 읽고 있는 수석 사서가 왠지 얄미웠지만, 오히려 그렇기에 수석 사서가 된 건지도 모른다고 생각했다.

"시끄럽게 왜 자꾸 불러?"

"그래도 이렇게 계시지 말고 뭐라도 하시는 게……."

"너까지 그럴래? 대체 나더러 어쩌란 말이냐? 사서들 모두 나만 쳐다보고 있으면 내가 앞장서서 구명운동이라도 해야 돼? 자기들은 아무것도 안 하면서 나더러 어쩌라는 거냐? 난들 뾰족한 수가 있나? 답답하면 지들이 좀 나서든가!"

사서들에게 어지간히 시달린 듯, 수석 사서의 말에서 짜증이 묻어났다. 그러나 니코메데스는 포기할 생각이 없었다.

"그날 도서관장님하고 무슨 일이 있었죠?"

"그걸 너한테 말한다고 뭐가 달라지지?"

"그야, 저도 도서관장님을 구하고 싶으니까요."

구하고 싶다는 니코메데스의 대답에 수석 사서는 어이없다는 듯 코웃음을 쳤다. 그러더니 읽고 있던 두루마리를 아무 데나 던져 놓고는 니코메데스가 있는 쪽으로 미끄러지듯 다가왔다.

"그래? 고작 견습 사서인 네가 말이지?"

그렇게 말하는 수석 사서의 얼굴에서 갑자기 화색이 돌았다.

"좋아. 말해 줄게. 그날 나는 세라페움에 있는 스승님의 방에서 『피나케스(Pinakes)』를 갱신한 다음, 새로 들어온 책 몇 권과 함께 왕궁으로 가 그것들을 왕에게 바쳤어. 갱신이라고는 하지만 내가 수정해도 최종적으로는 스승님께서 검토하시니까 거기에 적힌 내용이 정확히 무엇인지는 알 수 없지. 그러고는 왕궁에서 돌아와 같이 저녁 식사를 하고 있는데, 갑자기 병사들이 들이닥쳐 스승님을 잡아갔어."

"책을 수정했는데 잡아갔다고요?"

"됐다. 더 말하면 얘기가 길어질 거 같으니……. 나 회의 갔다 올 동안 쓸데없는 생각 말고 청소나 마저 해 놔. 아까처럼 농땡이 부렸다간 와서 얻어터질 줄 알아."

수석 사서는 그렇게 말한 다음 서가를 떠났다. 니코메데스는 잠시 그의 뒷모습을 바라보다가 종종걸음으로 그곳을 빠져나왔다. 그길로 도서관장의 방이 있다는 세라페움으로 향했다.

알렉산드리아 도서관은 주 도서관인 무세이온(Mouseion)과 부도서관인 세라페움(Serapeum)으로 나뉜다. 무세이온과 달리 세라페움의 방들은 서가뿐 아니라 안마소나 치료소로도 이용되고 있어 많은 이들로 붐비고 있었다. 덕분에 니코메데스는 세라페움에 오자마자 길을 잃고 말았다.

나는 오히려 그가 길을 잃어 다행이라고 생각했다. 전설로만 내려오는 알렉산드리아 도서관의 여기저기를 볼 수 있는 기회니까. 그러나 눈에 보이는 것은 사람뿐이었다. 그들은 뿜어져 나오는 분수대의 물줄기 너머에서 책을 읽고, 토론하고, 나무에 열린 과일을 따 먹었다. 달콤하고 풍부한 과즙을 입 안 가득 느끼며 다시 독서삼매경에 빠지는 모습에 나까지 행복해지는 기분이었다.

가끔 반납된 책들을 정리하다 힘이 들면 열람실에 앉아 있는 사람들의 얼굴을 보곤 했다. 지금처럼 책 읽는 사람들 말이다. 입을 오므렸다 폈다 하는 사람, 미간을 찡그리는 사람, 눈을 크게 떴다 접었다 하거나 읽던 책을 가슴에 파묻는 사람도 있다. 모두가 나름 진지해 보이고 모두가 뭔가를 갈구하지만, 한결같이 활자로 향해 있는 눈동자 때문에 정작 자신의 표정이 어떤지 알지 못한다. 그 표정을 보는 건 나만의 특권이었다. 나는 그 특권을 즐기는 걸 좋아했다. 시대가 달라도 책을 읽는 이들의 표정은 다르지 않았다.

다른 건 사람들이 아니라, 사서들이었다. 여기 알렉산드리아 도서관의 사서들은 아기의 걸음마를 돕는 엄마처럼 사람들 옆에 바싹 붙어 있었다.

풀잎도서관에서 책에 대한 지식은 권영혜 선생님을 따라갈 사람이 없지만, 언제부터인가 선생님은 무슨 보고 자료나 기획서 만드는 일만 하고 있었다. 무슨 일이 중요하다 덜 중요하다의 문제가 아니라 가장 잘하는 일을 하느냐 못 하느냐의 문제였다. 내가 사서 실무에 대해 열심히 공부한 것은 단순히 정민이 형에게 무시당했기 때문이 아니라, 바쁜 선생님에게 조금이나마 도움이 되고 싶어서였다. 선생님이 시간이 나질 않아 할 수 없는 서고 정리 및 이용자 응대 같은 일을 여기서는 나 같은 가짜 사서가 아닌, 진짜 사서가 하고 있었다.

선생님이 보았다면, 부럽다고 했을지도 모른다.

어느새 니코메데스는 길을 물어 목적지에 와 있었다. 그러나 아름다운 대리석 길의 끝에서 만난 도서관장의 방은 이곳의 분위기와는 전혀 어울리지 않는 곳이었다.

어둡고 침침한 방으로 들어가려다 문득 다른 기척을 느낀 니코메데스는 벽 뒤 어두운 곳으로 재빨리 몸을 숨겼다.

청동으로 된 격자문이 열리자 방 안의 훈훈한 열기가 바깥으로 퍼졌다. 책에 곰팡이가 피는 걸 막고자 벽 뒤 테라코타로 만든 파이프에서 일정 온도의 열기가 뿜어져 나오고 있어서였다.

방에서 나온 두 남자는 니코메데스가 있는 쪽으로 걸어오고 있었다. 그들 중 앞에 있던 남자는 놀랍게도 아까 회의한다고 나간 수석 사서 아리스타르코스였다. 다행히 동행하던 남자가 뒤에서 부르는 바람에 수석 사서는 니코메데스 쪽으로 향하던 발걸음을 되돌렸다.

"왜 그걸 태워 버리지 않으셨습니까?"

"책을 태우는 건 사서가 할 일이 아니야. 어차피 왕은 저런 쓰레기 더미엔 관심 없으니까 괜찮을 걸세. 왕이 원하는 건 자신의 도서관을 치장해 줄 아름다운 책들뿐이니까."

"그래서 그 책을 찾아 넘기실 겁니까?"

"아니. 난 사서의 의무를 다할 걸세."

"왕은 오직 최초의 책을 원한다고 들었습니다. 책을 넘기지 않으면 도서관장님은……."

"답답하지만 왕이 다른 선택을 하길 기다리는 수밖에. 스승님께서는 평생을 이 도서관에 헌신하셨다네. 그런 사람을 왕도 함부로 하진 못할 거야."

"하지만 사서들이 동요하고 있습니다. 책을 넘겨 도서관장님을 살려야 한다는 자들과 책을 끝까지 지켜야 한다는 자들로요. 도서관장님이 이미 책을 넘겼을 거라는 회의론자들도 있습니다."

"당치 않은 소리! 책은 아직 여기 알렉산드리아에 있어. 하루에도 몇 번씩 시험에 드네만, 최초의 책을 숨기라는 게 스승님의 뜻인 만큼 우리는 끝까지 책을 지켜야 해. 설령 그분께 무슨 일이 생길지라도……."

"그게 도서관장님의 뜻이라니 어쩔 수 없군요. 서두르시죠. 이러다 회의에 늦겠습니다."

"그렇군. 얼른 가세."

다행히 그들은 낯선 이의 존재를 눈치채지 못한 모양이었다. 니코메데스는 안도의 숨을 내쉰 후 다시 방으로 들어갔다.

안은 매우 어지럽혀져 있었다. 니코메데스는 수석 사서가 도서관장에게 불리할지도 모를 증거가 나오는 것을 막으려 일부러 어지럽힌 것으로 생각했다. 그렇지만 급하게 어지른 탓에 파피루스들은 위로만 퍼뜨려져 있었다.

니코메데스는 보물 상자가 묻힌 땅을 삽으로 파 내려가는 것처럼 책상 위에 가득 쌓인 파피루스 조각들을 헤집으며 내려갔다. 한 발자국만 나가면 낙원이 있는데 무엇이 노학자를 이 어둡고 외로운 곳에 침잠하도록 만들었을까?

파피루스 더미를 치우자 가장 밑바닥에 도서관장의 작업물이 보였다. 빼곡하게 썼다가 지우기를 반복한 수십여 장의 파피루스들. 모두 필사적으로 쓰였다고밖에 보이지 않았다.

그것은 아까 수석 사서가 말한 『피나케스』의 일부였다.

고대 알렉산드리아 도서관에서 사람들은 자신이 읽을 책이 어디 있는지 사서에게 직접 물어봐야 했다. 그러나 아무리 초인적인 기억력을 가진 사서라도 매번 이에 대해 정확히 답변하기란 어려운 일이었다. 그러한 이유로 2대 도서관장 칼리마코스가 만든 책이 『피나케스』였다. 말하자면 고대의 도서 검색엔진 같은 거였다.

그것은 도서관에 비치된 모든 책을 '비극', '희극', '서사시', '서정시', '산문', '잡동사니' 같은 항목으로 정리하였다. 각 항목에는 알파벳순으로 작가의 이름과 책의 이름과 작품의 첫 문장이 기록되었고, 동명이인이 많은 그리스 이름의 특성상 어디어디 출신, 무슨무슨 직업, 누구누구의 아들 같은 작가의 신상명세까지도 기록되었다. 그러다 보니 원래는 120권이나 되는 엄청난 분량이지만, 이 방에 있는 것은 그에 비하면 턱없이 부족한 양이었다.

니코메데스는 도서관장이 쓰고 지우던 파피루스 조각을 들어 천천히 읽어 내려갔다. 그러던 중 유독 잡동사니 항목이 지저분한 걸 발견했다. 그중에서도 『새』라는 책에 대해서 말이다.

αστείο ~~πουλ~~ 『웃기는 새』 다시, αστείο πουλί 『웃기는 새』

아테네의 ~~대머리~~ 아리스토파네스가 짓고, 비잔티움의 아리스토파네스가 필사함.

이 책은 웃기다. 그래서 ~~정치인을 제외한~~ 많은 이들이 좋아한다. ~~좋아하지 않을 수도 있다~~. 그럼에도 불구하고 이 필사본만큼은 아무나 읽을 수 없다. ~~심지어 왕조차도~~. 정, 이 책을 읽고 싶다면 사서들에게 문의하라. ~~아마 아무도 대답하지 못할 것이다~~. 만일 대답하지 못할 경우, 오직 도서관장만이 이에 답할 수 있으리라.

도서관장은 『피나케스』라는 이름의 도서관 목록을 갱신하여 왕에게 바쳤고, 그것을 읽은 왕은 병사들을 시켜 그를 잡아갔다. 그 뒤 왕은 최초의 책을 가져오는 자에게 상을 주겠다는 공고문까지 붙였다.

니코메데스 앞에 놓인 초고는 도서관장이 잡혀간 이유에 대해 말하고 있었다. 여기 적힌 내용이 진짜라면, 책은 수석 사서의 말대로 아직 알렉산드리아 도서관 어딘가에 있었다.

그렇게 생각한 니코메데스는 파피루스 조각을 움켜쥔 채 밖으로 나왔다. 그는 다시 왕궁이 있는 쪽으로 향했다.

해는 어느새 서쪽으로 둔각을 이루며 기울어 있었다.

왕이 책을 사랑한 덕분에 왕궁을 도서관과 가깝게 지어 다행이라 생각했다. 다른 그리스 국가들처럼 언덕 위에 도서관을 지었다면 해가 지기 전에 당도하는 것은 무리였을 것이다. 해가 지면 왕궁의 문은 닫힌다.

니코메데스가 왕궁 앞에 서 있는 문지기에게 금화 몇 닢을 얹어 주자 문지기는 별말 않고 지하통로로 향하는 문을 열어 주었다. 한참을 아래로 내려가다 문지기는 갑자기 니코메데스를 멈춰 세웠다. 그 이유가 무엇인지 아는 데는 오래 걸리지 않았다.

한눈에 봐도 지체 높은 이가 감옥 안에 갇힌 죄수를 내려다보고 있었다. 죄수는 쇠사슬에 양손이 묶인 채 꿈쩍 않고 있었는데 몸 여기저기에 난 상처가 밤새 모진 고문과 매질을 당했음을 보여 주었다.

"비잔티움의 아리스토파네스. 아니, 알렉산드리아 도서관의 도서관장이자, 사서들의 수장이자, 지식의 수호자여."

왕은 그리 말하며 도서관장의 손목에 감겨 있던 쇠사슬을 손수 풀어 주었다.

"짐은 그대가 정녕 페르가몬 도서관에 최초의 책을 넘겼다 생각하지 않는다."

"대왕이시여…… 지당하신 말씀입니다. 페르가몬이라뇨. 당치도 않사옵니다."

"그렇지? 그대는 세상에서 가장 위대한 도서관의 수장이니까."

"대왕마마의 말씀대로 저는 명을 받들어 20년간 도서관장직을 수행하였습니다. 저는…… 제 평생을 도서관에 걸었습니다. 이제는…… 돌아갈 집도 없습니다. 이곳이 바로 제 집이니까요. 그런 제가 왜 대왕마마를 배신하겠나이까."

도서관장의 말에 왕은 고개를 끄덕였다.

“페르가몬의 왕 에우메네스는 우리가 파피루스 수출을 금지하자 새로운 종이*를 만들어 자신의 도서관을 유지하는 무서운 인물이다. 그런 그에게 잠시 휘둘렸던 건 없던 일로 해 줄 수 있다. 만일 최초의 책을 내게 가져온다면 말이지.”

그 말을 듣자 도서관장은 사색이 되어 고개를 떨구고 말았다.

“결국…… 그렇군요. 왕이시여, 오직 그것만이 제 결백을 증명할 수 있겠군요. 알겠습니다. 대왕마마의 뜻이 그러하다면……. 저도 달게 받겠습니다.”

“또 고집부리는 건가? 지금까지의 공로를 생각해 마지막 기회를 주려 했건만……. 페르가몬과 내통하지 않았다면 어떤 책이 도서관 어디에 있는지 하나부터 열까지 전부 기억하는 그대가 못 가져올 이유는 없을 것이다. 도서관이, 그리고 그 안에 있는 장서가 누구의 것인지를 기억하라.”

왕은 간수에게 명하여 도서관장에게 다시 쇠사슬을 채우게 하더니 표독스러운 얼굴을 한 채 감옥에서 나갔다. 그렇게 왕이 떠나자 드디어 니코메데스에게 차례가 왔다.

“도서관장님.”

니코메데스는 도서관장의 손부터 덥석 잡았다.

“스승님이라 불러도 되겠습니까?”

* 양피지. 양피지를 뜻하는 단어 parchment는 페르가몬(Pergamon)에서 유래했다.

그 말에 도서관장은 짧은 대답만 뱉었다.

"못 보던 얼굴인데 누구지?"

"일개 견습 사서입니다."

"수석 사서는?"

"지금은 제가 더 필요하실 겁니다. 스승님께서 결백하다는 걸 제가 아니까요."

니코메데스는 아까 방에서 챙겨 온 파피루스 조각을 도서관장에게 내밀었다. 처음에는 하도 썼다가 지우는 바람에 무슨 내용이 적혀 있는지 알기 어려웠지만, 어느샌가 깔끔하게 정리되어 있었다.

"이게 그 증거입니다. 이거 스승님께서 적으신 거지요? 스승님께서는 절대 책을 빼돌리실 분이 아닙니다."

파피루스 조각에 도서관장이 관심을 보였다.

αστείο πουλί 『웃기는 새』

아테네의 아리스토파네스가 짓고, 비잔티움의 아리스토파네스가 필사함.

이 책은 웃기다. 그래서 많은 이들이 좋아한다. 그럼에도 불구하고 이 필사본만큼은 아무나 읽을 수 없다. 이 책을 읽고 싶다면 사서들에게 문의하라. 만일 그들도 대답하지 못할 경우, 오직 도서관장만이 이에 답할 수 있으리라.

"스승님께선 지나치리만큼 성실하시고 고지식하십니다. 그래서 최초의 책을 처음 발견하셨을 때, 이것을 기록해야 할지 말아야 할지 고민이 많으셨을 겁니다. 그래서 스승님께선 이렇게 모호하게 적는 것으로 타협하셨을 겁니다."

"그래서? 이걸 내게 보여서 뭘 어쩌겠다는 건가?"

"최초의 책이 어디 있는지 제게 알려 주십시오. 그러면 제가 그것을 왕에게 바치고 스승님을 빼내겠습니다."

그 말을 듣자 도서관장의 얼굴이 금세 노여움으로 붉어졌다.

"이…… 이…… 네놈이……. 지금 무슨 얘길 지껄이는지 알고나 있는 게냐? 견습 사서인 네가 감히! 그게 알렉산드리아의 사서가 할 소리인가!"

도서관장의 목소리에 분노가 섞여 있었다.

"안 그러면 스승님의 목숨이……."

"닥쳐라. 네놈은 날 스승이라 부를 자격이 없다."

"스승님……."

"썩 물러가라. 그리고 다시는 여기 올 생각 마라."

그러나 니코메데스는 물러날 생각이 없었다.

"스승님께선 견습 사서인 제 존재도 모르시겠지만, 저를 포함한 모든 사서의 멘토이시자 이 도서관의 정신적 지주이십니다. 스승님께선 시간의 흐름 속에 묻힌 무명 시인들을 발굴하셨고, 그들의 주옥같은 작품들을 세상에 내놓으셨습니다. 도서관은 아직 스승님이 필요합니다. 수십만 권의 장서를 가지고 있는데도 다른 한 권마저 차지하려는 저 욕심 많은 왕이 아니고요."

"듣기 싫다. 최초의 책을 보호하는 것은 사서의 의무다. 그것을 저버리려 하다니."

"최초의 책을 보호하는 게 사서의 의무라면, 『피나케스』를 다시 쓰는 건 스승님의 의무이지 않습니까?"

"뭐라고?"

니코메데스는 슬슬 자신이 가진 보따리를 풀며 도서관장을 압박하고 있었다. 견습 사서는 도서관장이 두려워하는 게 무엇인지 알고 있었다. 그것은 욕심 많은 왕도, 숨기길 원하는 책도 아니었다.

"왕이 도서관을 만든 것은 단지 지식을 독점하기 위해서였습니다. 지배자는 자신의 백성이 똑똑해지는 걸 원치 않습니다. 그러나 지식은 물과 같아서 고여 있으면 썩기 마련입니다. 도서관을 흐르게 하는 것은 새로운 지식이고, 이는 과거 사람들의 지식을 토대로 지금의 사람들이 역량을 발휘해야만 나오는 것입니다. 여기 있는 사서들 모두가 그렇게 믿도록 만든 게 누구입니까? 사람들이 도서관에서 길을 잃지 않게 하겠다고 맹세한 것은 다른 사람입니까?"

"……."

"그렇다면 그깟 최초의 책은 왕에게 줘 버리십시오. 대신 스승님께선 뮤즈 신에게 한 맹세대로 그보다 더 중요한 책을 지키십시오. 사람들에게 도움이 되는 책을요."

"너는 뭔데…… 그런 말을 하는 거지?"

"저 역시 스승님처럼 되려는 사람이니까요."

자신의 대에 『피나케스』를 갱신하지 못할 수도 있다는 불안감이 작용해서일까? 왕의 추궁에도 또렷하게 신념을 지키던 노학자는 조금씩 흔들리고 있었다. 니코메데스는 그의 마음속 연못에 계속 돌을 던졌다. 견습 사서, 키레네의 니코메데스는 어릴 때 수사학을 배운 덕분에 상식과 언변이 뛰어났다.

"도서관장이 되고 싶다고?"

"아니요. 제 주제에 어찌 그 자리에 오르겠습니까? 저는 다만 도서관을 찾는 사람들에게 스승님 같은 거대한 등대가 되고 싶을 뿐입니다. 그러나 만일 제가 도서관장이 된다면 반쪽짜리 『피나케스』와 함께 저승에서 선대의 원망을 듣는 도서관장은 되지 않을 겁니다. 그럴 바엔 최초의 책을 희생하여 대업을 완성하겠습니다."

"그건 너무 위험해……."

"책을 왕에게 바친다 한들, 책이 다시 모습을 바꾸면 그뿐 아닙니까? 왕이 그것을 읽을 수 있다 한들, 그 내용을 이해하지 못하면 그뿐 아닙니까?"

"어찌 그런 것까지 아는 게냐?"

"최초의 책은 왕이나 헤르메티카 사서만의 것이지만, 그 책 하나를 바치면 알렉산드리아 도서관의 책들은 모든 이의 것이 될 수 있습니다. 오디세우스는 10년을 인내하고 나서야 고향으로 돌아갈 수 있었습니다. 스승님께서도 지금을 인내하고 일어서야 평생의 사업을 완성할 수 있지 않겠습니까?"

니코메데스의 말에 도서관장은 아무 대꾸도 하지 않았다. 이제 견습 사서가 도서관장을 스승이라 불러도 더 노여워하지도 않았다. 니코메데스는 고작 세 치 혀로, 숱한 고문도 이겨 내어 왕도 얻지 못한 비밀을 거의 손에 넣으려 하고 있었다.

"……아리스타르코스는…… 그 아이는 뭐라던가?"

"수석 사서도 스승님을 구하기 위해선 무엇이든 해야 한다고 했습니다. 그것이 헤르메티카 사서들의 뜻에 반하는 것일지라도."

"그 아이도 그랬단 말이지. 그 빈틈없는 아이가."

도서관장은 깊은 회한에 잠긴 얼굴을 했다.

"그것은 위험한 물건이야. 그렇기에 사서들은 이를 필사적으로 숨기려는 것이고."

"그와 동시에 헤르메티카 사서들은 그 책을 좇고 있지 않습니까?"

"먼저 그것을 발견하여 애먼 자의 손에 들어가지 않도록 하는 게 우리의 의무니까."

"이용자가 원하는 책을 찾아 주는 게 가장 큰 의무 아닌가요?"

"헤르메티카 사서들은 언제나 그 사서의 규칙에서 예외란 걸 모르나? 그들은 이용자에게 넘겨서는 안 되는, 책을 지킬 의무가 하나 더 있는 거야."

"좋습니다. 그렇다면 제게도 그 예외가 될 기회를 주십시오. 그 책을 찾을 기회를 말입니다. 그걸로 스승님을 구하든, 아무도 찾지 못할 장소에 다시 숨겨 놓든 제가 알아서 할 테니. 아무것도 하지 않는 수석 사서만 감싸고돌지 마시고 저도 한번 쳐다봐 주십시오!"

"니코메데스!"

"스승님을 살리고 싶어 하는 제자의 마음을 왜 이리도 몰라주신단 말입니까? 부디 오늘 하루, 저 해가 떠 있을 때까지라도 절 믿어 주십시오. 단 하루만. 아니, 단 몇 시간만이라도 저를 스승님의 애제자 아리스타르코스라 생각해 주십시오."

여기까지.

도서관장은 완전히 무너지고 말았다.

도서관장은 순수하게 자신을 살리고 싶은 마음에서, 살아서 평생의 업을 완성하라는 의미에서 니코메데스가 말한 줄 알 테지만, 그 밑바닥에 도사린 진실에 대해선 끝내 모를 것이다. 그런 자신에게 감복하는 도서관장을 보며 니코메데스는 즐거워하고 있었다.

영민한 니코메데스. 궤변론자 니코메데스. 뱀의 혀를 가진 니코메데스.

나는 그의 위선에 갑자기 불편해졌지만, 그렇다고 빤히 보이는 니코메데스의 궤변을 도서관장에게 말해 주는 게 쉬운 일은 아니었다.

이 알 수 없는 주저함의 이유는 나와 니코메데스의 목적이 같아서였다. 자칫하면 좋지 않은 일이 생길 수도 있으니까. 그런 의미에서 나 고윤수도 공범이었다.

그러나 적어도 한 가지는 확실했다. 내가 그가 될 일은 없을 것이다. 나는 그로 살기 싫으니까. 나 고윤수는 절대 니코메데스처럼 살고 싶지 않으니까.

절대.

절대로.

아니다. 아니야.

돌이켜 보니 내가 그런 말을 할 자격은 없었다.

아침부터 컨테이너 트럭이 도서관 앞에 즐비해 있었다. 이런 시골에서 흔히 볼 수 있는 광경은 아니었다.

"손필로란 분께서 많은 책을 기부하셨어. 근데 이번에 중요한 감사가 겹치는 바람에 내가 정리하긴 어려울 거 같아. 그래서 말인데, 정민이가 윤수 데리고 내일까지 새 책들 정리 좀 해 줄래?

윤수가 아직 서투니까 옆에서 많이 도와줘, 알았지?"

권영혜 선생님의 부탁에 정민이 형은 윤수와 잘해 보겠다는 둥, 걱정 말고 자기만 믿으라는 둥 온갖 알랑방귀를 뀌었다. 그러나 지하 창고에 가자마자 언제 그랬냐는 듯 태도가 싹 달라졌다.

"너 공부 안 했겠지? 이번에 많이 해 봐. 하면서 배워."

형이 작업할 분량을 나누었다. 애초에 반반씩 할 거라고 기대하지는 않았지만, 얼핏 보아도 8대 2. 물론 내 쪽이 8이었다.

"일이 있어서 이따 올 테니까 그때까지 다 해 놔. 틀리면 혼날 각오 하고."

그렇게 말한 형은 업무용 노트북까지 팽개쳐 버리고 위층으로 올라갔다. 그래도 저 정도 양이라면 형은 한 시간도 안 걸릴 것이다. 어찌해야 할지 몰라 한숨만 쉬다가 뭐라도 해야 할 것 같아 노트북을 켰다.

사실 그날 이후, 문헌정보학을 공부했다. 도서분류법은 뭐고, 편목 규칙은 뭐고……. 관련 시스템도 매뉴얼을 보며 익혔다. 어설퍼도 나름 열심이어서, 하다 막히면 책도 보고, 사서 선생님들한테 물어도 보고, 인터넷도 뒤졌다. 공부한 걸 이렇게 빨리 써먹을 줄은 몰랐지만 말이다.

가끔 선생님은 요즘에 많은 부분이 전산화되어 예전보다 일하기 수월하다고 말씀하시곤 했다. KOLAS라 불리는 공공도서관 기술정보센터 시스템 덕분이었다. 다만 나는 계정을 만들 수 없기 때문에 하는 수 없이 선생님의 계정을 사용해야만 했다.

먼저 기부된 책 중 도서관에 중복된 책들이 있는지부터 확인했다. 같은 책이 있다면 등록번호만 추가하면 되지만, 그렇지 않으면 시스템에서 타 도서관의 것을 조회하여 이를 참조한다. 그렇게 도서목록정보를 입력하고, 이를 프린터가 읽을 수 있도록 기계언어로 바꿔 준 다음, 도서 라벨을 발행하면 끝.

생각보다 도서목록정보를 입력하는 게 힘들었다. 방법이 어렵다기보다 책을 어느 목록에 넣을지, 잘못 넣는 건 아닐지 하는 두려운 마음이 앞섰기 때문이다. 그러나 라벨이 하나씩 프린터에서 출력될 때마다 자신감이 붙기 시작했다. 비로소 한 사람의 몫을 해내는 느낌이랄까?

일에 탄력이 붙으며 형이 오기 전에 다 끝낼 수 있을 것 같았다. 혹시나 해서 경비 아저씨한테 창고 열쇠도 받아 놨지만 쓸 일은 없을 것 같았다. 그러고 보니 형이 오늘 약속 때문에 늦을 거라 그랬지?

다음 날 도서관은 난리가 났다.

정민이 형은 아침에 오자마자 사무실로 불려 갔다. 나는 조용히 문에 귀를 대었다.

"이정민, 내가 업무적으로는 절대 타협 없는 거 알지? 너는 문헌정보과 나왔다는 애가 라벨도 제대로 못 붙이면 어떡할래? 어떻게 처음 배우면서 한 윤수보다 엉망으로 할 수 있니, 응? 술까지 먹고 들어왔으면 그만큼 자신 있었단 얘긴데, 그럼 제대로 해야 할 거 아니니?"

선생님이 그렇게 불같이 화를 내는 건 처음이었다. 정민이 형의 목소리는 들리지 않았다. 아무 말 못 하고 있는지도 모른다.

"서가에 뿌려진 거 다시 수거해서 전수 검사 해. 윤수가 작업한 거까지……. 에휴, 나머지는 작업 끝내고 얘기하자."

말이 끝나자 문이 벌컥 열리며 선생님과 정민이 형이 나왔다. 조금 전까지 화를 내던 선생님은 언제 그랬냐는 듯 환하게 웃으며 나를 반겨 주었다.

"고윤수, 어젠 정말 수고했어."

특유의 밝은 목소리로 내 어깨를 툭툭 쳐 주는 선생님 뒤로 정민이 형이 서 있었다. 속된 말로 평소 '대학부심'을 부리던 형이지만 오늘은 잔뜩 풀이 죽어 있었다. 그게 선생님에게 꾸지람을 받아서인지, 어제 오랜만에 만난 과 친구들과 먹은 술이 덜 깨서인지는 알 수 없었다. 형은 얼굴도 마주치지 않고 아래층으로 내려갔다. 죽상이 된 걸 보자 왠지 모를 고소함이 느껴졌다. 생각대로였으니까.

사실은 이랬다.

어제 내 일을 다 마치자, 쓸데없는 생각이 들었다.

정민이 형은 자신이 말한 대로 밤 아홉 시쯤 다시 들어와 한 시간 정도 작업을 하고 퇴근했다. 그때까지 나는 집으로 돌아가지 않고 근처에 숨어 있다가 형이 나가는 걸 확인하고 미리 받아 놓은 열쇠로 다시 지하 창고 문을 열고 들어갔다. 그 안에서 형의 작업물을 찾았다. 나는 선생님의 계정으로 작업했고, 형은 자신의 계정이 따로 있기 때문에 찾는 게 어렵지는 않았다. 그런 다음, 나는 형이 작업해 놓은 책에서 라벨을 떼어 모조리 다 바꿔 붙여 버렸다.

아무 거리낌이 없었다. 붙인 지 얼마 안 되어 찢어지지 않고 잘만 떼어진다고 낄낄거렸다. 나는 선생님의 꾸중으로 어깨가 축 처질 형의 뒷모습을 생각하며 웃었다.

그렇다. 그때 나는 웃고 있었다. 지금의 니코메데스처럼.

"……니코메데스. 그동안 내가 미안했다. 이런 네 마음을 몰라준 노인네가 미안했다……. 용서해다오, 나의 제자여."

니코메데스는 도서관장의 말을 들으면서도 마음 한구석에서 키득대며 눈시울을 붉히고 있었다. 이를 알 리 없는 도서관장은 니코메데스의 귀에 자신만이 간직하고 있던 비밀을 털어놓았다. 그것은 수백의 알렉산드리아 사서들도 알지 못하는, 가장 총애하는 제자조차 알지 못하는 비밀이었다. 그것은 옛 서사시에 나오는 한 편의 시가처럼 아름답게 들렸다.

토해 내듯 모든 것을 말한 도서관장 아리스토파네스의 숨소리가 점점 잦아들고 있었다.

웃음은 사람을 사람답게 만드는 것이지만,
언제부턴가 사람들은 웃음을 천박하다 여기고 있어.
고명한 아리스토텔레스마저 그것이 삶을 윤기 있게 바꾸는 거라
했는데도
사람들은 여전히 진지한 사색과 토론에만 빠진 채,
가끔 마음을 간지럽히는 걸 잊곤 하지.
그게 안타까운 어느 늙은이는 더는 잃을 게 없는 나이여서
체면 때문에 아무도 필사하려 하지 않는 책을 필사했어.
다만 그 늙은이도 일말의 부끄럼은 있었던지
'새(πουλί)' 옆에 '웃기는(αστείο)'을 조그맣게 적어 놓았지.
그것은 내가 썼지만, 내가 베껴 낸 것일 뿐이고,
내가 베껴 냈지만, 내가 쓰기도 했다는 헛소리와 함께.

서쪽 하늘이 붉게 물들 무렵, 니코메데스는 도서관을 나와 어딘가로 향했다. 가벼운 발걸음과 함께였다. 그도 그럴 것이 니코메데스는 지금 '최초의 책'을 손에 넣은 '최초의 사서'였다.

니코메데스에게 이를 읽을 자질이 있는지, 이 여행의 끝에 궁극의 지식을 얻을 것인지는 중요하지 않았다. 그것이 밝혀지는 데 그리 오래 걸리지도 않았다. 니코메데스가 책을 얻자마자 곧

장 도서관 밖에서 대기하고 있던 마차에 올랐기 때문이다.

품속에는 최초의 책이 변한 『웃기는 새』가 숨겨져 있었다. 스무 살 청년은 이를 품에 안고 만족스러운 듯 미소 짓고 있었다.

모든 게 느릿하게 니코메데스를 중심으로 흘러가고 있었다. 결정은 변함없었다.

왜, 왜 안 되는 거지?

뒤늦게야 나는 등장인물에 '개입'하려 했다. 잊고 있었고, 주저하던 것이었다. 아니 사실은 주저했지만, 잊었다고 치부해 버렸다.

그러나 아무것도 할 수 없었다.

당장 니코메데스가 되어 마차에 오르지 않고, 돌아가 책을 왕에게 바쳐 성실한 도서관장을 꺼내 오고 싶었다. 그러나 뭔가 거대한 물살 같은 것이 나를 딱 막아 버렸다. 아무도 설명해 주지 않았지만 난 무엇인지 알 수 있었다. 아침에 편지를 읽고도 알지 못했던 것을 저녁에 야심 찬 사서와 함께하며 알아냈다.

그것은 인과율이라는 숨은 법칙이었다.

자연은 이미 지나간 것이 바뀌는 걸 원치 않았다. 즉, 개입한다 해도 과거에 실제로 벌어졌던 일은 절대로 바꿀 수 없다. 독자가 원한다 해도 책의 내용이 달라지지 않는 것처럼 말이다.

니코메데스가 떠나는 걸 붙잡는 것은 그런 인과율에 위배되는 일이었다. 이미 오래전에 벌어진 일을 혹은 역사를 되돌리려고 하는 순간, 자연은 그것을 원상태로 돌려놓기 위해 덤벼들 것이다. 그것은 무시무시하고 거대한 것처럼 느껴졌다. 누군가 내게 인과율을 부정하는 게 어떤 느낌이냐고 묻는다면 그것은 품속의 책을 북북 찢어 흩뿌렸다가 다시 붙이는 느낌이라고 대답할 것이다. 인과율을 되돌린다는 건 그런 것이다.

그냥 그대로 흘러가게 둘 수밖에 없었다.

마차가 떠나자 책의 다음 장이 넘어갔고, 그렇게 첫 챕터의 마지막 페이지가 끝났다.

알렉산드리아 도서관의 젊은 사서 키레네의 니코메데스는 최초의 책을 빼돌려 페르가몬의 왕 에우메네스 2세에게 바쳤다. 왕은 그가 책을 가지고 오자 약속대로 원하던 것을 보장해 주었다. 그는 그렇게 페르가몬 도서관의 도서관장이 되었고, 최초의 책은 그 후 페르가몬의 책들로 바뀌어 갔다. 니코메데스는 그곳에서도 헤르메티카 사서들을 거느렸고, 도서관의 모든 체계를 알렉산드리아 도서관과 똑같이 만들었다. 그는 도서관장으로 영예로운 삶을 살다 세상을 떠났다.

반면 알렉산드리아 도서관장 비잔티움의 아리스토파네스는 누명을 벗지 못하였다. 사서들의 태업으로 왕은 그를 못 이기는 척 풀어 주었지만, 도서관으로 돌아올 수는 없었다. 그는 도서관장직을 내려놓고 고향인 비잔티움으로 돌아갔지만, 그를 반기는 이는 아무도 없었다. 결국 다시 알렉산드리아로 돌아온 그는 도서관 근처를 떠돌다가 몇 년 뒤 쓸쓸히 여생을 마쳤다. 뒤를 이어 도서관장이 된 것은 수석 사서였던 사모트라케의 아리스타르코스였다.

그로부터 140년 뒤, 프톨레마이오스 왕가의 클레오파트라 여왕은 로마 장군 안토니우스와의 결혼 조건으로 페르가몬 도서관의 모든 장서를 요구했다. 이에 안토니우스는 당시 로마의 보호하에 있던 페르가몬의 장서를 모두 빼내어 그녀에게 결혼선물로 주었다. 클레오파트라가 최초의 책에 대해 알고 있었는지는 모르지만, 그렇게 책은 다시 알렉산드리아로 돌아갔다.

결국, 마지막에 승리하는 것은 명예욕도 신념도 아닌, 바로 사랑이었다. (189페이지)

알렉산드리아 도서관, 642년

안개 속에서 헤매고 있는 건지도 모른다.

숨을 크게 들이마시자, 차가운 공기가 허파에 들어가며 몸 구석구석을 깨워 댔다.

새벽 공기는 사람을 진실되게 만드는 법. 솔직해지자. 내가 도서관에 다닌 이유는 단지 집에 붙어 있기 싫어서였다. 아빠는 내게 손찌검하진 않았지만, 철저히 무관심으로 대했다. 그러다 얼굴이라도 마주치면 한다는 말이 고작 '밥 먹었냐?'였다. '밥 먹어라.' '밥 먹고 가라!' 그놈의 밥. 밥. 밥.

그렇게 밥에 대해 물어보는 아버지와 달리 도서관에는 항상 나를 필요로 하는 사람들이 있었다. 그러다 문득 도서관에서 계속 지내는 것도 나쁘지 않다고 생각했다.

사람들에게 도서관을 안내하거나, 도서 반납을 도와주거나, 사서 선생님들 대신 책을 정리하다 보면 가슴이 벅차오를 때가 있었다. 아마 무언가에 기대고 싶고, 인정받고 싶은 마음이 내가 그것을 좋아한다고 착각하게 만든 걸지도 모른다. 그래도 상관없었다. 확실한 것은 그 마음이 몸을 더 활기차게 만든다는 것이었다.

그러나 열심히 일한 날일수록 집으로 가는 길은 허탈하기 그지없었다. 난 사서 흉내를 내는 학교도서위원에 지나지 않으니까. 사서가 되려면 '넌 이제부터 사서야'라고 나라에서 도장을 찍어주는, 전국에서 몇십 명만 뽑는 공무원 시험에 합격해야 하니까.

난 대체 뭐 하고 있는 걸까?

그 어리석은 질문을 또 하고 있다.

맞다. 최초의 책을 읽고 있었지.

싸돌아다니는 정신머릴 잡고 물어보니 그런 것도 같았다.

그런데 참 웃기다. 정식 사서도 아닌데 전설의 사서가 되기 위한 여정에 참여하고 있다니. 아직 걸음마도 못 뗴었는데 국가대표 육상선수가 되어 올림픽에 출전하다니.

책을 찾는 데 성공하면 다음 챕터로 넘어가는 것 같았다. 그러나 이 챕터들이 어디까지 이어져 있는지 알 수 없으니, 그저 하는 데까지 해 보는 수밖에 없다.

저 너머에서 동이 트기 시작했다. 해가 뜨면 다시 책을 읽어야 했다.

하늘이 주황색, 다홍색, 선홍색으로 바뀌어 갔다. 저 앞 둥그런 산 밑에 사람들이 언덕처럼 웅크리고 있었다.

성지 메카를 향한 기도로부터 신에게 '복종'하겠다는 맹세가 들려왔다. '이슬람'은 신에게 복종하겠다는 뜻이다. '복종', '이슬람', '복종', '복종'…….

사람들 사이에 웅크리고 있던 남자 역시 신 중의 신 알라에게 엎드려 기도하고 있었다. 남자는 신에게 부탁했다. 이 해가 지기 전에 최초의 책을 찾을 수 있길.

남자가 기도를 마치고 천막 안으로 들어가자, 꾸벅꾸벅 졸고 있던 비서관이 그 모습을 보고 벌떡 일어났다.

"앗살람 알레이쿰*."

"오늘이 며칠이지?"

"헤지라 스무 번째 해 모하람제의 새로운 달 금요일입니다."

저들, 기독교도들의 달력으로 642년** 12월 22일이었다. 남자는 개인적인 일보다 공적인 일부터 확인하기로 했다.

"적의 상황은 어떠한가?"

"항구에서 우리 군에 격퇴당한 뒤로 잠잠합니다."

"동로마 황제가 알렉산드리아를 탈환하라고 했다니 경계를 게을리해서는 안 된다."

---

* '신의 평화가 함께하길'이라는 뜻. '안녕하세요' 같은 기본적인 아랍어 인사말이다.

** 640년이라는 설도 있다.

"그러합니다만, 저쪽은 내부적으로 혼란스러운지 우왕좌왕하는 모습이 보입니다. 곧 제풀에 지쳐 퇴각할 것입니다."

"알았다. 오전에는 자리에 없을 거야."

"알겠습니다. 그런데 장군님께서 계속 도서관에 다니시는 것에 대해 몇몇의 눈초리가 심상치 않습니다. 칼리프로부터 아직 전갈은 오지 않았지만 그렇더라도 도서관을 어떻게 처리할지 조만간 결단을 내리셔야 할 듯합니다."

암르 이븐 알 아스는 아침 식사를 마치고 도서관으로 향했다.

비서관의 우려에도 이 이슬람의 장군은 도서관에 가는 일을 거른 적이 없었다. 그럴 수밖에 없는 게 명문가에서 태어난 암르는 원래 책과 함께 일어나고 책과 함께 잠들던 사람이었다. 그러다 신의 대리인이자, 이슬람의 지도자인 칼리프가 알라의 이름으로 칼을 쥐여 주자 그는 바람처럼 세상을 휩쓸었다. 시리아와 이집트를 정복하고, 예루살렘과 알렉산드리아를 손에 넣었다. 정복한 다음에는 관대함과 엄격함으로 다스려 병사들이 사람들을 함부로 죽이거나 약탈하지 못하도록 했다.

알렉산드리아 도서관은 그런 암르의 전리품 중 가장 값지고 빛나는 것이었다. 지금껏 신을 위해 살았으니, 많은 전리품 중 하나 정도는 욕심을 부려도 신은 이해해 줄 거라고 생각했다. 암르는 알렉산드리아를 정복하자마자 그곳의 사서들에게 최초의 책을 찾으라는 명령을 내렸다. 아라비아에 있을 때 들은 소문 때문이었다. 그리고 오늘 알렉산드리아 도서관의 사서가 그것에 관해 이야기할 게 있다고 했다.

시내를 통과하는 평탄한 길을 걸어 도서관에 이르자 무너진 돌기둥 주위를 알록달록한 이슬람 병사들의 천막이 가득 메우고 있었다. 한눈에 봐도 엄청난 수였다. 그 중심에 반쯤 없어진 두꺼운 화강암 기둥에 의지해 커다란 문이 세워져 있었다.

"앗살람 알레이쿰, 장군님!"

암르가 가까이 가자 문 앞에서 보초를 서던 병사 둘이 바짝 선 군기로 맞이했다. 병사 중 하나가 암르에게 양해를 구하더니 곧 도서관의 문을 신경질적으로 두드렸다. 그 벼락같은 속삭임에 안에 있던 사서 하나가 겁에 질린 표정으로 문을 열자, 암르 장군은 호위병들을 거느리고 아무 일 없다는 듯 안으로 들어갔다.

암르는 도서관의 가장 안쪽인 사서들의 임시 거처로 안내되었다. 과거에는 학문의 여신인 뮤즈의 신상이 세워져 있었지만, 누군가에 의해 부서진 지 오래였다. 신상이 있던 자리 너머로 자그마한 방이 하나 마련되어 있었다. 방은 넓지 않아 책장 하나가 겨우 들어갈 정도인데, 책장이라 말하기도 어려운 게 대충 돌덩이를 세워 놓고 책 몇 권을 놓은 것이 전부였다. 그 옆에서 두 사람의 사서가 쭈그리고 앉아 뭔가를 필사하고 있었다.

"어서 오십시오, 장군님."

뒤에서 늙은 사서 한 사람이 부축을 받으며 걸어 나왔다. 깊게 팬 주름의 골과 하얗고 긴 수염이 현자의 풍모마저 느끼게 했다.

"누추한 곳에 오시느라 고생하셨습니다."

"아니다. 오히려 덥지도 춥지도 않아 막사보다 아늑하군."

자리에 앉은 늙은 사서는 이슬람 장군을 위해 데운 우유를 내오게 했다. 암르가 그것을 입에 대자 입 안부터 느껴지는 따스함이 몸을 나른하게 만들었다.

"저번에 장군님께서 영웅이란 무엇인가에 관해 물으셨지요?"

"그랬지. 그대의 세상에 있는 헤라클레스, 한니발, 카이사르 같은 영웅들. 예전부터 알라의 뜻을 따르지 않는 세속적인 영웅들은 어떤 모습일지 궁금했다네. 어떤 이는 많은 사람을 죽여도 영웅이 되지만, 어떤 이는 아무도 죽이지 않고 신의 뜻에 따라 행동했는데도 영웅이 되지 못하기도 하고. 뜻을 이루지 못해도 영웅이 되는가 하면, 뜻을 이루어도 영웅이 되지 못하기도 하고."

"영웅이란 해야만 하는 일을 어떤 상황에서든 해내려는 사람입니다. 그 과정에서 초월적인 의지나 속임수 혹은 약간의 운이 깃들기도 하지요. 문제는 그 해야 할 일이란 걸 누가 정해 주느냐는 겁니다. 그것은 신이 정해 준 것일 수도, 사람들이 원하는 것일 수도 있지요. 즉, 영웅이란 누군가로부터 당위성을 부여받은 일을 이루기 위해 끊임없이 노력하는 사람을 말합니다. 때론 영웅의 그런 행위가 자기희생과 합쳐져 더 많은 사람을 감동시키고 움직이지요."

"복잡하군."

"아닙니다. 간단하면서 좋은 질문이었습니다. 사실 영웅이나 신을 인간의 잣대로 설명하는 것 자체가 우스운 일이지요. 다만 인간이 인간다울 수 있는 것은 그런 모호한 것들조차 이해하고 설명하기 위해 덤벼드는 지식의 미덕 때문이 아닐까요?"

암르는 이 늙은 사서, 요하네스 필로포노스와 얘기하는 걸 좋아했다.

암르가 어떤 질문을 해도 필로포노스는 반드시 답변해 주었다. 암르의 생각에 필로포노스는 실로 모르는 게 없는 만물박사였다. 철학, 신학, 역사, 수학 심지어 마술이나 연금술에 관한 암르의 다양한 질문에 대해 때로는 인정하고 때로는 부정하고 때로는 인정도 부정도 하지 않으면서 척척 답해 나갔다. 어떤 주제를 가지고 토론할 경우, 심할 때는 몇 날 며칠을 가는 경우도 있지만, 이는 암르에게 전장에서 훌륭한 적과 칼을 마주하는 것만큼이나 즐거운 일이었다. 그 때문에 드러내 놓고 만나진 않아도 암르는 정기적으로 필로포노스를 만나고 있었다. 주위의 말대로 군 최고 사령관이 적국의 사람을 만나는 게 좋은 그림은 아니지만, 이렇게라도 하지 않으면 지식에 대한 갈증을 해갈할 수 없을 것 같았다.

"나를 보자고 한 것은 그 때문만은 아니겠지?"

"물론 장군님께서 원하시는 것 때문이지요. 한데 장군님께서는 선택받은 특별한 사람만이 그 책을 읽을 수 있다는 걸 알고 계십니까?"

"방금 얘기한 영웅들만이 그 책을 읽을 수 있나 보군. 그대들의 황제인 카이사르 정도 되어야 하나?"

"카이사르도 그 책을 읽진 못할 겁니다. 이곳 알렉산드리아 도서관을 처음으로 불태운 게 그였으니까요."

"역시 칼과 책은 양립할 수 없는 건가."

"그렇지 않습니다만……. 장군님께선 왜 그 책을 읽으려 하십니까? 그런 위험한 것을 읽지 않아도 장군님께선 이미 영웅이시고, 귀한 것이든 그렇지 않은 것이든, 사람이든 동물이든 이 도시의 모든 것은 장군님의 것인데 말입니다."

필로포노스의 말을 들었음에도, 암르의 마음속에는 불안감이 싹트고 있었다. 암르가 최초의 책을 읽으려는 것은 그 책에 궁극의 지식이 있다는 말을 들어서였다. 책에 적혀 있다는 지혜로 암르는 자신이 진정한 영웅인지를 확인하고 싶었다.

지하드. 즉, 성전(聖戰)이 벌어지자 칼리프는 사방으로 군대를 보내어 알라의 뜻을 전하게 했다. 그중 두각을 나타낸 장군은 할리드 이븐 알 왈리드*와 암르 이븐 알 아스였다. 할리드가 소규모

* 585~642. 정통칼리프시대 불패의 명장. 적은 병력으로 9년간 페르시아와 동로마제국을 유린하며 아라비아반도를 통일하고, 지중해 지역을 이슬람 세력에게 안겨 주었다. 미국 군사잡지 『암체어』에서 선정한 세계 100대 명장(名將) 순위에서 4위를 차지했다. 1위는 칭기즈 칸.

군대로 그보다 몇 배나 많은 군대에 연전연승하는 동안, 이쪽은 상대적으로 조용했다. 그러는 동안 '알라의 검'이란 칭호는 이제 할리드의 것이 되고 말았다. 암르가 대도시에 처박혀 산더미 같은 서류와 씨름하는 사이 말이다.

"그래서 하고 싶은 말이 무엇이냐? 그 책을 찾았다는 건 거짓이냐?"

암르의 질문에 필로포노스가 조금 뜸을 들이다 말했다.

"아닙니다. 그 책을 찾았습니다."

"어디? 그것이 지금 어디에 있지?"

"『피나케스』라는 옛 목록으로부터 그것이 왕궁 도서관에 있다는 것을 확인했습니다. 제가 가서 책을 꺼내 오겠습니다. 대신 장군님께서 제게 약조 하나 해 주실 수 있겠습니까?"

"무엇이냐? 말해 보거라."

"그 책과 더불어 그곳에 아직 필사되지 못한 책들을 꺼내 오고 싶습니다."

필로포노스의 목소리가 조금 떨리고 있었다.

"어째서?"

"이곳 알렉산드리아는 바다와 호수 사이에 있어 소금과 습기를 먹은 바람이 항상 불어오는, 어찌 보면 도서관으로써 입지가 좋다고는 말할 수 없는 곳입니다. 그렇기에 누군가 지속해서 책을 관리해 주지 않으면 책들의 운명은 뻔합니다. 특히 지금처럼 방

치되는 상황이라면 머지않아 모두 못 쓰게 될 것입니다."

"주 도서관이 그러하다면 부 도서관을 쓰면 되지 않은가?"

"그곳은 이미 200년 전에 파괴되었습니다."

"그래? 아름다운 장소라고 들었는데."

"저 역시 그렇게 들었을 뿐입니다. 그곳을 실제로 볼 수 있다면 얼마나 좋을까요? 인간의 지식이 언제나 고귀하지만은 않고 쓸데없는 것들도 많지만, 그렇다 해도 그것들을 보존할 가치는 있다고 생각합니다. 장군님께는 쓸모없는 것이 저희에겐 아직 유용하듯 말이죠."

"왕궁의 책들?"

"그러하옵니다."

"이를 어찌 처리할지에 대해 이미 칼리프에게 편지를 보냈다. 따라서 그의 명령 없이 함부로 왕궁 도서관에 들어갈 순 없어."

암르가 단호하게 말하자 필로포노스가 고개를 끄덕였다.

"아아, 그러셨군요. 그렇다면 이 늙은이가 잠시 노망난 거로 생각하십시오. 다만 제가 장군님께 도서관에 들어가고 싶다고 한 건 그곳이 아직 살아 있기 때문입니다. 전성기의 반의반도 안 되는 장서만 남았지만, 사람들은 여전히 이 폐허가 된 도서관에서 지식을 얻어 가고 있습니다. 다만 파피루스는 이제 낡고 관리하기도 어려워 한시라도 빨리 이를 양피지로 옮기는 작업을 해야 합니다. 이 늙은이의 마지막 소원은 죽기 전에 단 한 번이라도 왕궁에 들어가 그곳에 있는 책들을 꺼내 오는 것입니다. 가장 중요한 책들은 아무래도 왕궁에 있으니까……. 단 하루만이라도 제게 시간이 허락된다면……. 만일 그렇게만 된다면 저는 당장 죽어도 여한이 없습니다. 제발……. 칼리프께서 널리 헤아려 주셨으면……."

이쯤에서 읽던 것을 멈추었다.

필로포노스 할아버지의 얼굴이 너무나도 간절하여 계속 보고 있기 힘들었다.

그러면서도 나는 할아버지가 슬픈 표정을 지은 것에 대해 충분히 이해할 수 있었다. 세라페움이 파괴되다니. 이전 챕터에서 보았던 그곳의 아름다운 풍경을 떠올렸다. 책을 읽으며 행복한 표정을 짓던 사람들까지 말이다. 이렇게 폐허가 된 와중에도 그곳은 왠지 살아 있을 것 같았는데. 만일 이 시대에 갇히게 된다면 그곳을 위안 삼아 살아도 괜찮을 것 같다고 생각했는데……. 그곳은 이미 없어졌다.

할아버지의 말대로라면 머지않아 도서관 전체가 그렇게 무너질 것이다. 도서관이 무너지는 것은 풀잎도서관 하나로 족했다.

가만, 근데 이거 내가 할아버지를 도와줄 수 있을 거 같은데?

나는 아까 선생님이 보낸 편지를 다시 꺼내 보았다. 그곳엔 분명 챕터당 한 번, 책 속에 나오는 등장인물에 독자가 개입할 수 있다고 쓰여 있었다. 아까도, 정확히 827년 전에도 개입을 통해 도서관장을 구해 내려 했지만 아쉽게도 인과율에 막히고 말았다. 그리고 이것이 꼭 좋은 결과를 보장하는 것도 아니니 섣불리 실행했다가는 책 속에 갇힐지도 모른다. 오히려 이전 챕터에서는 개입하지 않은 덕분에 최초의 책을 찾아냈으니까.

그러나 이번에는 달랐다. 어쩌면 이게 권영혜 선생님이 말하던 사서의 의무일지도 모른다는 생각이 들었기 때문이다.

나는 그것을 따라가 보기로 했다.

* * *

"그만!"

'나'는 필로포노스 할아버지를 가로막았다. 내 행동에 할아버지는 깜짝 놀라 머리를 조아렸다.

"죄…… 죄송합니다. 이 늙은이가 그만."

"그만하세요……. 아니 그만하라."

아, 어째 연기가 어설프다. 그렇다 해도 키득키득 웃을 때는 아니었다. 여기서 그랬다간 발연기를 보고 책이 나를 내칠지도 모른다는 생각에 정신이 바짝 들었다. 얼마 전 시청각실에서 보았던 〈킹덤 오브 헤븐〉이라는 영화를 떠올렸다. 정말 볼 게 없어서 본 건데 의외로 재밌었다. 나는 거기 나온 살라딘*을 따라 해 보기로 했다. 마침 같은 이슬람 장군이기도 하고.

"그만하라. 그 정도면 됐다. 그래 좋다. 오늘 하루 그대가 왕궁에 들어가는 걸 허락하겠다. 내게 최초의 책을 가져오는 조건으로 말이지."

"저…… 정말입니까, 장군님?"

"들어간 김에 원하는 책도 마음껏 가지고 나오너라. 단, 일주일 뒤에는 반드시 돌려줘야 한다."

"하지만 방금 칼리프의 명령 없이는 도서관에 들어갈 수 없다고……. 그러면 이것은 월권이 아닙니까?"

"월권이 아니다. 최초의 책은 책이면서 전리품이기도 하니까. 전리품 때문에 잠시 들어갔다 나오는 것은 괜찮을 것이다. 그리고 그 외 다른 책들은 가지라는 게 아니라 빌리는 것이라고 말하지 않았느냐?"

내가 그렇게 말하자 필로포노스 할아버지는 어린아이처럼 기뻐했다. 그래, 장군님 말동무해 주느라 얼마나 힘드셨겠어. 이 정도는 상으로 받으셔야지.

"감사합니다, 장군님. 이 은혜 잊지 않겠습니다. 꼭 최초의 책을 찾아 장군님께 바치겠습니다."

나는 할아버지의 말을 다 듣기도 전에 자리에서 일어났다. 어

---

* 1138~1193, 살라흐 앗 딘. 이슬람의 영웅으로 십자군으로부터 예루살렘을 탈환했다. 공명정대하고 관대하여 적에게도 존경받았다. 해당 시점에선 500년 뒤의 인물이다.

린아이처럼 금방이라도 울 것 같은 얼굴을 하고 있어서였다. 그렇지만 뒤돌아서며 흐뭇한 미소를 지었다. 도서관에 늙은 사서를 초대하는 게 내 뜻인지 암르의 뜻인지는 중요하지 않았다. 다행히 인과율에도 어긋나지 않은 듯, 이를 막으려는 어떠한 움직임도 보이지 않았다.

밖으로 나오자 사람들이 임시 거처로 달려가는 게 보였다. 호위병에게 물으니 사서들이라고 했다. 이렇게나 많았나? 사서들은 모이를 쪼려는 비둘기와 같이 요하네스 필로포노스 앞에 섰다. 아마 할아버지가 사서들을 모은 듯했다.

"헤르메티카 사서에겐 모름지기 각자가 알고 있는 것에 관해 이야기할 때 서로 숨김이나 거짓이 없어야 한다. '임페르티티오'가 있어야 하는 것이다. 도서관의 운명이 어찌 될지 모르는 지금, 도서관의 지식을 보전하는 것만이 우리의 목표다. 개개인이 가진 탐욕과 시기는 잠시 내려놓자. 이 순간부터 헤르메티카 사서든 그렇지 않은 사서든 잠들어 버린 이 미덕을 반드시 지켜 나가길 당부한다. 각자의 힘을 한데 모으는 것만이 앞으로 닥쳐올지 모를 파국을 막을 수 있다. 언제 이런 기회가 올지 모른다. 영영 오지 않을 수도 있다. 그러니 지금 이 자리에서 각자 필사가 필요한 책들과 이유를 말하라. 다 가져올 순 없지만, 힘닿는 대로 내가 도서관에 들어가 찾아올 것이다."

아까의 그 초라해 보이던 사람이 맞나 싶을 정도로 할아버지의 말 하나하나에 힘이 실려 있었다. 말이 끝나기가 무섭게 서로 손을 들어 자신이 필사하고 싶은 책을 이야기했고, 옆에 있던 사서가 이를 받아 적었다. 다툼이 있을 법도 했지만, 다들 침착했다. 서로 의견이 맞지 않으면 짧은 토론을 했고 이를 통해 양보하고 타협하며 합의점을 찾아갔다. 만일 이마저도 어긋나면 필로포노스 할아버지가 나섰지만 그런 경우는 많지 않았다.

나는 신기한 듯 한동안 그 모습을 바라보았다.

고립되고 유리된 서로의 삶 속에서 누군가를 생각하는 '배려'라는 걸 겪은 게 언제였을까? 그 언젠가 누군가가 누군가에게 보여 주었던 것을 나는 조용히 돌이켜보았다.

"내일 쉬는 날인데 혹시 시간 돼?"

금요일 오후 티타임 때 선생님이 물었다. 마들렌을 잔뜩 입에 넣어 밖으로 튈까 봐 바로 대답은 못 하고 고개만 끄덕였다. 거절할 이유는 없었다.

"무슨 일인데요?"

"나랑 서울 좀 같이 가자. 상갓집."

다음 날 아침 일찍, 나는 몰래 아빠의 검은색 정장까지 차려입고 도서관에 나왔다. 때마침 선생님은 작은 꾸러미를 차에 싣고 있었는데, 그것이 무엇인지는 따로 묻지 않았다.

우리는 선생님의 작은 차를 타고 큰길로 나섰다. 선생님은 언제나 밝고 건강한 모습이었지만, 오늘은 아무 말 않고 운전대만 잡고 있었다.

"누가 돌아가신 거예요?"

"있어, 그런 분이."

차가 신호에 걸려 멈추었을 때 선생님이 대답했다.

"그러고 보니 윤수도 알겠네?"

"저도 아는 분이에요?"

"응. 왜 있잖아. 겨울에 도서관 오시던 할아버지."

"아……."

확실히 내가 모르는 사람은 아니었다. 따지고 보면 그 할아버지 덕분에 도서분류법을 공부하게 되었으니까.

"그 할아버지 책도 기부하셨죠?"

"맞아. 그러고 보니 그때가 마지막이었네."

신호가 바뀌어 차가 다시 출발했다. 이 앞부터 서울까지는 고속도로였다. 선생님과 이야기할 시간은 충분했다.

손필로 할아버지의 부고를 알려 온 것은 할아버지의 손녀딸이었다. 선생님은 도서기증과 관련해서 그녀와 몇 번 이메일을 주고받았고, 따로 만난 적도 있었다. 거동이 불편한 할아버지를 이제 갓 대학에 입학한 손녀딸이 모시고 나왔는데, 할아버지는 손녀딸이 자신을 닮지 않아 예쁘고 착하다고 했다.

그 뒤 오랜만에 온 메일을 열어 본 선생님은 적잖이 충격을 받왔다. 비록 한 번밖에 보지 못했지만, 선생님은 할아버지의 부드러운 미소가 잊히지 않는다고 했다.

손필로 할아버지는 권영혜 선생님보다 나이가 많았다. 아마 나와 정민이 형 정도의 나이 차일 거라고 했다. 붓 필(筆) 자에 길 로(路) 자를 함자로 쓴 덕분인지 서울의 명문 대학에서 서양철학을 공부하고 있었는데, 전쟁이 나는 바람에 공부를 포기하고 사병으로 입대했다. 할아버지는 전쟁 막바지인 1953년 7월에 중공군으로부터 탈환한 상용마을에 들어왔고 거기서 폭격으로 무너진 도서관을 보았다.

"할아버지는 술만 드시면 지나(손녀딸의 이름이다)한테 그때 얘기를 하셨대. 허물어진 면사무소 건물 더미 아래에서 다 낡아 빠진 책들을 보았는데, 거기 자기가 딱 원하는 책들이 있었다고. 플라톤의 『국가』나 아리스토텔레스의 『니코마코스 윤리학』 같은 그리스 · 로마의 철학 고전들. 죄다 일본어로 쓰여 있었지만 당시에는 그마저도 대학 다닐 때도 못 보던 귀한 책들이었다지."

할아버지는 어째서 이런 책들이 두메산골에 있는지 생각할 틈도 없이 그것들을 군용 더플백에 마구 챙겨 넣었다. 덕분에 할아버지는 전쟁이 끝난 후 다시 학업을 이어 갈 수 있었고, 무사히 졸업할 수 있었다고 한다.

"그런데 그게 할아버지한테는 평생 짐이 되었나 봐. 예전부터 몇 번이고 이를 돌려주려 했지만, 책을 훔쳐 공부했다는 사실을 사람들이 알게 될까 봐 용기가 나질 않았대. 그러다 박사가 되었고 결혼을 했고 먹고사는 데 지장 없게 되었지만, 그래도 그 짐을 덜지는 못하셨지."

할아버지는 저명한 대학교수가 되어서도 상용에 있는 풀잎도서관을 잊지 않았다고 한다. 그래서 재개관할 때 서적구매비도 보내 주고, 귀한 책도 많이 기증했다고 한다. 전부 익명으로 말이다.

서울에 있는 큰 대학병원에 할아버지의 장례식장이 차려져 있었다.

선생님 말대로 영정사진 속의 손필로 할아버지는 환하고 부드러운 미소를 짓고 있었다. 나와 선생님은 경건한 마음으로 향을 피워 고인의 명복을 빌고 유가족을 위로했다.

아침 일찍 오느라 배도 고프고 해서, 우리는 마주 앉은 다음 육개장을 기다렸다. 보통 육개장은 상갓집에서 먹는 게 제일 맛있다고 하니까.

"근데 저 보퉁이는 뭐예요?"

"아, 이거……."

선생님이 나의 별로 중요하지 않은 질문에 대답하려 할 때, 어디선가 "안녕하세요?" 하는 고운 목소리가 들려왔다. 나도 모르게 뒤를 돌아보았다. 그 순간 무언가 망치 같은 게 내 가슴을 사정없이 후려쳤다.

"지나야, 오랜만이네. 좋은 일로 만났으면 좋았을 텐데."

"아니에요, 선생님. 선생님 건강하신 모습 보니까 너무 좋아요."

그녀가 웃으며 육개장 두 그릇을 우리 상 위에 올려놓고는 선생님 옆에 앉았다. 두 사람의 대화에 내가 끼어들 수 없을 것 같아 입 속에 뜨거운 육개장을 욱여넣기 시작했다. 아니, 끼어들지 않아도 상관없었다. 선생님이 그녀를 계속 붙잡아 두기만 하면 됐다.

생전 처음 본 사람에게 이런 감정을 느끼는 한심한 나를 뭐라 표현해야 할까. 얼빠? 금사빠? 쪼다? 내겐 이런 일이 없을 줄 알았는데……. 서울 사람에겐 무언가 특별한 게 있는 건가?

그녀, 손지나는 화장기 없는 얼굴에 검은 상복을 입고 있음에도 눈부신 무언가를 지니고 있었다. 내 마음속의 무언가와 그녀에게 있는 무언가……. 자꾸 그녀라고 표현하는 것은 나보다 나이도 많으니 차마 이름으로 부를 수 없어서였다. 자꾸 무언가로 표현하는 것은 그것이 정말로 무엇인지 알 수 없어서였다.

육개장에 밥을 말며 맞은편에 앉은 이의 뽀얀 얼굴을 훔쳐보았다. 커다랗고 쌍꺼풀 없는 눈과 동글동글한 콧방울이 웃을 때마다 살짝살짝 올라갔다. 육개장을 코로 먹는 것 같았지만 대놓고 쳐다보지 않으려면 먹는 시늉을 해야만 했다. 그래야 계속 훔쳐볼 수 있으니까.

"우리 윤수가 배고팠나 보네. 내 것도 더 먹어."

"아, 이 친구가 선생님이 말씀하시던?"

"그래."

"안녕? 반가워. 손지나라고 해."

"고…… 고윤숩니다."

그녀는 할아버지가 나온 학교에서 할아버지와 마찬가지로 서양철학을 공부하고 있다고 했다. 같은 1학년이지만 대학생인 그녀와 고등학생인 나 사이에는 넘을 수 없는 벽이 있었다. 그러나 지금은 그런 것까지 생각하고 싶진 않았다.

"듣기에는 그렇게 착실하다고……."

"응. 사서계의 샛별이야."

그 말에 두 사람은 까르르 웃더니 다시 대화를 이어 갔다. 여전히 내가 그 대화에 끼어들 수는 없을 것 같았다. 어설프게 웃기만 하다가 그만 육개장을 다 먹고 말았다.

한 그릇 더 달라 해야겠다고 생각했다.

* * *

저만치에서 요하네스 필로포노스 할아버지가 왕궁 도서관 안으로 들어가고 있었다.

언제 쓰러질지 모르는 할아버지 옆에 제자이자 의사인 필라레테스라는 사람이 동행했지만, 나는 돌발 상황이 벌어질 수도 있을 것 같아 아까보다 많은 수의 호위병을 데리고 따라나섰다.

왕궁 도서관이 무세이온과 세라페움, 거대한 알렉산드리아 도서관을 통틀어 가장 중요한 장소인 것은 지난번 기원전 185년의 챕터에서 알아낸 것이었다. 그때의 사서들로부터 이곳에 비중 있는 책들과 희귀본들이 많다고 들었다.

"한데, 여기도 죄다 무너져 내렸군."

"그렇습니다. 테오필로스와 키릴루스가 알렉산드리아 주교로 있던 385년부터 30년 동안 그들은 도서관을 무차별적으로 파괴하였습니다. 이곳과 말씀하신 세라페움은 아마 그때쯤 파괴되었을 겁니다."

사서들은 그 앞을 가로막고 있던 돌무더기를 치우면서 서서히 안으로 들어갔다. 왕궁 앞에 다다른 그들이 돌로 만들어진 육중한 문을 밀자, 그 안의 모습을 본 나는 그만 기겁하고 말았다.

나는 풀잎도서관에서 보았던 광경을 이곳 알렉산드리아에서도 보고 있었다.

두 개의 도서관은 시간과 공간을 넘어 무섭게도 닮아 있었다.

그곳에 남은 건 적막과 어둠 그리고 먼지뿐이었다. 사람은커녕 짐승의 기척마저 없는, 이미 버려진 지 오래된 곳으로 보였다. 무너지고 더럽혀지고 병들어 있었다. 금빛을 띠던 천장과 도금된 기둥들은 전부 무너져 내렸고, 산책로를 따라 심겨 있던 나무는 밑동까지 검게 썩었으며, 분수대가 있던 곳엔 잡초만이 무성했다. 신전에 있던 조각상들은 사지가 멀쩡히 붙어 있는 걸 찾아볼 수 없었다.

안으로 들어간 필로포노스 할아버지는 바로 앞에서 썩어 문드러져 가던 파피루스 한 무더기를 만져 보더니 잠시 기도하는 듯 눈을 감았다. 그러더니 뭔가 결심한 듯, 책장들 사이를 바쁘게 움직였다.

필로포노스 할아버지의 뒤를 따라 사서들이 일사불란하게 움직였다. 이 순간만큼은 할아버지가 세라페움이 파괴된 후 공석이라는 알렉산드리아 도서관의 새로운 도서관장처럼 보였다. 사서들은 할아버지의 손가락이 가리키는 대로 그것의 상태를 확인한 후, 자신들이 가져온 보따리에 차곡차곡 챙겨 넣었다. 책을 빌릴 수 있도록 허가한 덕분에 사서들의 손놀림에는 거침이 없었다. 사서들은 양피지와 파피루스 가리지 않고 챙겨 갔다.

"장군님."

사서들의 모습을 넋 놓고 보다가 그만 뒤에 전령이 온 것도 모르고 있었다. 전령은 숨을 고르더니 내게 문서 하나를 내밀었다.

그것은 알렉산드리아 도서관의 처리에 대한 칼리프의 답장이었다.

귀공이 질문한 도서관과 그 안의 책의 처리에 대해 위대하신 알라의 이름으로 명하노라. 만일 그들이 알라의 뜻과 일치한다면 없어도 상관없다. 이미 알라의 뜻을 기록한 책은 차고 넘치기 때문이다. 반대로 알라의 뜻과 반대되는 내용이라면 그것 또한 보존할 가치가 전혀 없다. 그러니 도서관의 책들을 전부 파괴하도록 하라.

"왜 그러십니까?"

"아니다……. 아무것도."

"곧 칼리프의 병사들이 이곳으로 증원된다고 합니다. 먼 여정에 고생하였으니 목욕물을 충분히 받아 그들을 맞을 준비를 하라는 어명 또한 있었습니다."

"……알겠다. 그만 가 보도록 하라."

"존명!"

나는 전령은 물론이고, 주위에 있던 모두를 물러가라 한 다음 바닥에 털썩 주저앉고 말았다.

나의 깊은 한숨에 도서관은 금방이라도 부서질 것 같았다. 가슴이 타들어 가는 것은 암르의 마음이 아닌 고윤수의 마음이 더 강하게 작용한 탓일 것이다.

저 앞에서 아무것도 모르는 꿀벌들은 분주하게 책을 나르고 있었다. 지금 상황에서 무엇을 원망해야 위로가 될까? 이미 모든 지식이 코란에 기록되어 있으므로 다른 책은 필요 없다고 말한 칼리프? 그 전에 도서관을 이 정도까지 망가뜨린 테오필루스와 키릴루스 주교? 최초로 도서관을 태웠다는 카이사르? 아니, 그 누구를 원망해도 위로가 되지 않았다. 그렇게 원망하다간 원망이 끝도 없이 물고 늘어질 것 같았다.

나는 필로포노스 할아버지에게 다가갔다.

떨어지지 않는 입을 열기 위해서였다. 칼리프의 명령이 신의 명령이라면, 병사들이 내게 절대복종하듯 나도 여기에 절대복종해야 했다. 주름이 깊게 파인 할아버지의 이마에 송골송골 땀이 맺혀 있었다. 차마 거기에 대고 칙령을 전할 수는 없었지만, 누군가는 그래야만 했고, 그것은 나만이 할 수 있는 일이었다.

"저…… 필로포노스. 방금 칼리프로부터 도서관 처리에 대한 칙령이 내려왔다. 근데……."

나는 최선을 다해 이를 입 밖으로 뱉으려 했다. 그런 내 모습을 본 할아버지가 먼저 다가왔다. 조금 전까지 밝아 보이던 얼굴이 나를 보자 순식간에 얼어붙었다. 그러더니 이미 모든 걸 알고 있다는 듯 고개를 가로저었다. 얘기하지 않아도 된다는 뜻이었다.

"어차피 이 서가에서 책들을 없애 버린 건 우리입니다.*"

암르가 라틴어를 아는 덕분에 나도 할아버지가 중얼거린 걸 알아들을 수 있었다. 할아버지는 정치라는 이름으로 또는 종교라는 이름으로 도서관이 황폐해진 것에 대해, 책을 지키지 못한 것에 대해 자책하고 있었다.

"장군님, 그동안 고생하셨습니다."

---

* "Exinanita Ea A Nostris Hominibus Nostris Temporibus." 5세기의 신학자 파울루스 오로시우스(Paulus Orosius)가 무너진 알렉산드리아 도서관을 보고 실제로 한 말이다.

필로포노스 할아버지는 사서들에게 멈추라 했다. 그러고는 그대로 밖으로 나갔다. 수거하던 책은 버려 둔 채였다.

늙은 사서는 울지 않았지만, 다른 사서들은 그렇지 않았다. 그중엔 명령에 불복하여 책을 하나라도 더 챙기려는 자들도 있었지만, 이내 들어온 병사들에게 제지당하고 말았다.

아냐, 이건 아냐.

그깟 칼리프의 명령이 뭔데.

나는 칼리프의 명령을 무시하고 사서들이 책을 마음껏 가져가도록 하고 싶었다.

"여봐라……. 이…… 이……."

나는 명령을 뒤집기 위해 목청껏 소리 지르려 했으나 무언가 목젖을 부여잡고 있는 것 같았다. 그렇지 않다면 이렇게까지 말이 나오지 않을 수 없었다.

인과율.

그렇다. 이 어쩔 수 없는 일을. 전 세계의 지식인이라면 가장 안타까워했을 일을. 바꿀 수는 없었다. 이것이 실제의 역사이고, 책의 정해진 이야기이자, 도서관의 운명이었다. 거역한들 자연은 인과율의 법칙을 적용하여 어떤 식으로든 다시 도서관을 없애려 할 것이다.

그리고 개입한 이상, 지금 내 손으로 해야만 했다.

사서들이 빠져나간 도서관은 병사들로 채워졌다. 도서관 안에는 사서들이 미처 가져가지 못한 자루들이 있었고 그 안에는 책이 가득 담겨 있었다.

"장군님, 이건 어떻게 할까요?"

"그…… 그건……."

이번엔 아무 말도 하지 않으려 했지만, 그 어떤 것이 내 입을 강제로 벌려 말하게 했다. 나는 뒤로 돌아 크게 한숨을 쉰 다음, 병사들을 둘러보며 나머지 말을 이었다.

"……알았다. 그건, 모두……. 모두, 공중목욕탕에 땔감으로 나눠 주도록 하라."

"명령 받들겠습니다."

말이 떨어지기가 무섭게 병사들의 손길이 거칠게 움직이기 시작했다. 마지막 숨을 쉬던 도서관은 이제 갈기갈기 찢어지고 있었다.

내 손으로 인류가 오랫동안 쌓아 올린 고대의 지식을 잿더미로 만들고 있었다. 명색이 사서직을 지망한다는 내가 지금 하는 짓을 보라. 충격은 계속해서 가슴을 쥐어짜고, 머리를 두드리고 있었다. 이런 내게, 수많은 책의 피가 묻은 내게, 사서가 될 자격이 있는 걸까.

해가 지면으로 내려오는 게 보였다. 아무렴 어떠냐는 생각마저 들었다. 적어도 최초의 책에 대해서는 까맣게 잊은 상태였다.

장례식장에 두 시간 정도 있었던 거 같다. 먼저 일어나자고 한 것은 권영혜 선생님이었다.

선생님과 나는 집으로 돌아가기 위해 주차장으로 나왔다. 그녀가 우릴 배웅하러 장례식장 밖까지 나왔다.

"참, 이거……. 그냥 가져갈 뻔했네."

선생님은 아까부터 가지고 다니던 보퉁이를 그녀에게 건네주었다.

"이게 뭔데요?"

"풀어 보면 알아."

그녀는 틈이 보이지 않을 정도로 꽁꽁 싸인 보자기를 조심스레 풀었다. 그 안에는 좀이 슬고 낡은 책이 몇 권 들어 있었다. 그러나 그녀는 그것을 보자마자 울음을 터뜨리고 말았다.

"하아……. 할아버지께서…… 좋아하실 거예요."

몇 번이고 허리 굽혀 인사하는 그녀를 뒤로하고 우리는 다시 작은 차에 올랐다. 집으로 돌아가는 길은 주말의 교통체증 때문에 시간이 더 걸릴 것 같았지만, 선생님은 아침과 달리 콧노래까지 부르고 있었다.

"아까 그거 뭐였어요?"

"아, 그거. 『플루타르크 영웅전』. 할아버지가 생전에 가장 좋아하시던 책이야."

원래는 할아버지가 책을 기증한 그날, 전쟁통에 가져갔던 모든 책을 돌려받았다고 한다. 그 책들은 워낙 오래되어서 지하 창고가 아닌, 선생님이 직접 보관하고 있었는데, 그중 그 책의 마지막 페이지에 할아버지가 쓴 듯한 쪽지가 끼워져 있었다고 했다.

이 책은 제가 가장 좋아하는 책이었습니다.
어떤 영웅들은 본받고 싶었고, 어떤 영웅들은 저렇게 하면 안 되겠다는 반면교사가 되어 주었습니다.
쓰러지고 싶을 때마다 이 책의 영웅들을 보며 마음을 다잡았습니다.
죄송합니다. 그리고 고맙습니다.

"그거 그냥 주고 오고 싶었어."

우리는 한동안 말이 없었다. 어차피 그때와 달리 지금은 『플루타르크 영웅전』의 수많은 판본이 존재한다. 영문본이 들어오기도 하고 그리스 원전을 그대로 번역한 본도 있다. 청소년들이 읽을 수 있는 본도 있고 만화로 된 본도 있다. 그러나 풀잎도서관에 1953년에 비치되어 있던 일본어본은 손필로 할아버지만이 가질 수 있는 판본이었다.

"윤수야, 난 아무래도 사서로는 빵점인 거 같아. 풀잎도서관의 재산을 내 마음대로 줘 버리고 왔으니. 그래도 그런 책은 자신의 가치를 가장 잘 알아주는 사람과 있는 게 좋을 것 같다고 생각해."

선생님은 그렇게 말하며 웃었다.

* * *

나는 알렉산드리아 시내를 소리 없이 걷고 있었다.

아무도 내 뒤를 따라오지 못하도록 했다. 비서관은 지금 시내를 돌아다니면 사서들이 죽이려 덤빌지도 모른다고 했지만, 이슬람의 영웅에겐 알라의 가호가 함께하니 그럴 일은 없을 거라고 잘라 말했다.

도시는 점점 생기를 잃어 가고 있었다. 이 책의 도시가 부활하려면 몇백 년이 걸릴지도 모른다. 아니, 몇천 년일 것이다. 예전에 권영혜 선생님이 알렉산드리아 도서관에 간 적이 있다고 했다. 원래부터 있던 것은 아니고, 이집트 정부가 유네스코의 지원을 받아 2002년에 완공했다고 한다. 내가 있던 풀잎도서관의 시대에 다시 지어진 알렉산드리아 도서관은 세계에서 가장 아름다운 도서관 중 하나로 부활했지만, 고대 세계를 밝히던 지식의 등불은 오늘 죽을 것이다. 지금의 나, 아니 어쩌면 앞으로의 내가 될 수도 있는 이 남자의 이름은 도서관을 죽인 자로 영원히 기억될 것이다.

필로포노스 할아버지의 집 앞에서 문을 두드렸다. 잠시 후 문이 열렸지만, 이교도 장군을 반갑게 맞이할 이는 아무도 없었다. 안에 사서들이 모여 있었는데 다들 얼굴이 거무죽죽하게 굳어 흡사 시체를 보는 듯했다.

"여기가 어디라고 오느냐!"

"비켜라. 너희와는 할 얘기 없다."

"네 놈이…… 잘도 우리 도서관을……."

사서 하나가 덤비려고 하자 본능적으로 허리춤에 있는 칼에 손이 갔다. 뒤에서 나타난 필로포노스 할아버지가 아니었다면 피를 보았을지도 모른다.

"장군님, 밖으로 나가서 얘기하시죠."

필로포노스 할아버지는 의외로 평온한 얼굴이었다. 이를 본 나는 더 고개를 들 수 없었다. 할아버지는 사서들의 만류에도 불편한 몸을 이끌며 홀로 밖으로 나왔다.

"하실 말씀이란 게 무엇입니까? 토론이라면 이제 할 수 없을 것 같습니다만."

"나도 수다를 떨러 온 건 아니다."

애당초 나는 내 말만 전하고 돌아갈 생각이었다.

"노인장. 두 번 얘기하진 않을 테니 지금부터 내가 하는 말 잘 듣길 바란다. 먼저 오늘 빌려 간 책들의 대출기한을 7일에서 7,000년으로 늘리겠다. 그때에도 책이 온전하다면 반납해 주길 바란다. 그리고 당장 저 안에 있는 사서들을 전부 공중목욕탕으로 보내어 그곳에 맡겨진 책들을 되찾아 오라. 훔치든 뇌물을 바치든, 어떠한 방법도 상관없다. 내 부하들과 목욕탕의 노예들에게는 적당한 사례를 해 주고 책 대신 다른 것을 태우도록 하라.

두루마리 수레를 중간에 빼돌려도 상관없다. 병사들이 이에 대해 보고해도 나는 별다른 조치를 취하지 않을 생각이니까."

"그게 무슨 말씀이신지요? 그러면 장군은 어찌 됩니까?"

"나는 신도 믿지만, 인간의 지혜도 믿는다. 신이 정말로 위대하다면 책을 많이 읽는다고 그 위대함이 없어지진 않을 것이다. 책을 보고 위대함을 느끼든 그렇지 않든 그것은 인간의 자유다. 내가 아는 이슬람은 이 자유로움에 관대하다. 그래서 더 위대하다."

"장군님……."

노학자의 멀건 두 눈에 눈물이 금방이라도 흘러넘칠 듯이 그득하게 고여 있었다. 사람이 늙으면 감정적으로 되나 보다. 가끔 선생님이 아름다운 음악이나 시집을 읽고 눈물을 보이는 게 이해되지 않았지만, 필로포노스 할아버지를 보며 조금은 알 것 같았다.

"그럼 나는 할 말 다 했으니 이만."

"잠깐! 잠깐 기다리세요, 장군님. 아주 잠깐이면 됩니다."

필로포노스 할아버지는 그렇게 말하고 다시 안으로 들어갔다. 다시 나오는 데 그리 오래 걸리진 않았지만, 밖은 하루가 열흘같이 느껴졌다. 안은 벌써 소란스러워졌다.

"아까 왕궁 도서관에서 챙겨 온 것입니다. 이 책이 장군님께서 찾던 그 책입니다."

"최초의 책?"

"그것인지는 모르겠습니다. 다만 장군님께서 궁금해하시는 것에 대해, 조금이나마 답이 될 것입니다. 제가 개인적으로 좋아하는 책이기도 하고요. 그래도 아까 배려해 주신 덕분에 오늘 빌려온 책들은 모두 안전한 곳으로 피신시킬 예정입니다. 장군님의 적인 기독교도들의 세계로 가겠군요. 물론 책이 그곳에서도 안전할지는 잘 모르겠습니다."

필로포노스 할아버지가 내민 책은 플루타르코스라는 사람이 그리스와 로마의 영웅들을 비교하여 쓴 『영웅전(Vitae parallelae)』이란 책이었다. 그것을 내 손에 건네주며 할아버지는 빙그레 미소를 지었다. 그는 영원한 젊음을 가진 듯 보였다.

"부디 이 도서관을 기억해 주시기 바랍니다."

근처 모스크에서 저녁 예배를 알리는 외침이 들렸다. 나는 책을 들고 돌아갔다. 작별인사 같은 건 없었고, 뒤돌아 미련을 두지도 않았다. 나와 할아버지를 연결해 주던 도서관은 오늘부로 끝났다. 그것이 우리의 끝마저 요구하는 건 아닐지라도 우리가 더는 만날 수 없다는 것쯤은 알고 있었다.

"아무래도 장군님으로 살아야 할 것 같다."

나는 그렇게 중얼거렸다. 암르는 이슬람의 위대한 장군이자 칼리프의 신임도 받고 있으니 딴마음만 먹지 않으면 살 만할 것이다. 병사들도 있고, 노예들도 있다. 책을 읽고 싶다면 누군가를 시켜 가져오게 하거나 필사하면 된다.

천막에 들어오자 병사들이 뜬금없이 축하한다는 말부터 건네왔다. 칼리프의 군대가 도착하면 칼리프는 나를 이곳의 총독으로 정식 임명할 거라고 한다. 그 말인즉 이곳의 군사, 행정의 모든 것을 위임한다는 뜻이다. 도서관의 책들을 태우고 나면 그다음은 어떤 것도 칼리프의 뜻을 먼저 물을 필요가 없었다.

등 뒤로 4,000개가 넘는 목욕탕에서 일제히 연기가 피어올랐다. 병사들은 오랜만에 몸을 씻을 수 있다며 들뜬 분위기였다. 나는 피곤하다 말하고 침소로 들어갔다. 차마 그 연기를 볼 수 없어서만은 아니었다. 책을 읽기 위해서였다.

침대에 누워 필로포노스 할아버지가 준 선물을 펼쳤다. 그렇게 챕터의 마지막 페이지가 넘어갔다.

도서관 최후의 날이 지나자 헤르메티카 사서들은 떠나는 이들과 남는 이들로 나뉘었다.

떠나는 사서들은 빼돌린 장서를 가지고 배를 탔다. 그것은 요하네스 필로포노스의 요청으로 동로마(비잔티움) 황제가 준비한 배였는데, 그들은 그 배가 제국의 수도 콘스탄티노플로 가는 줄 알았지만, 놀랍게도 그들이 내린 곳은 베네치아였다. 베네치아 상인들이 빌려준 군자금을 제국에서 갚지 못하여 알렉산드리아의 장서로 대신 변제했기 때문이다.

그러나 사서들은 그 뒤에도 베네치아 공화국을 떠나지 않았다. 의외로 상인들은 그들을 융숭하게 대접한 데다 공화국은 당시로는 드물게 학문의 자유가 보장된 곳이었다. 그들이 가져온 책들은 수도원의 필사를 통하여 전 유럽으로 퍼져 나갔다. 그들의 유산 덕분에 중세(Dark Age)라 불리는 시절은 생각만큼 어둡지 않았다.

남은 사서들은 이슬람으로 개종했다. 강압적이진 않았다. 칼리프는 코란과 자신의 장서를 관리할 자들을 원했고 헤르메티카 사서에게는 원래 종교적인 신념 같은 건 없었으므로 서로의 이해가 들어맞았기 때문이다. 그들은 '바이트 알 히크마(Bayt Al Hikma, 국립 학술원)'나 '히자나트 알 쿠트브(Khizanat Al Kutub, 개인 도서관)'에서 일하면서 틈날 때마다 알렉산드리아에서 건져 낸 책들을 연구하고 정리하였다. 무슬림이 되었지만, 알렉산드리아의 유산에 대해서는 책임 같은 것을 느끼고 있었을지도 모른다.
그들의 연구가 결실을 볼 무렵 칼리프는 사서들을 자신의 왕궁이 있는 바그다드로 불러 다른 유산들도 연구하게 했다. 그들은 그곳에서 수학, 과학, 천문학, 철학 등 거의 모든 학문 분야의 책을 다룰 수 있었다. 그 명성은 과거 알렉산드리아 도서관에 필적할 정도가 되었다.

그러나 결과적으로 알렉산드리아 도서관에 있던 90퍼센트 이상의 책을 다시는 볼 수 없었다. 그 뒤 떠난 이들을 서방 사서(Bibliothecarius

Occidentis), 남은 이들을 동방 사서(Bibliothecarius Orientis)라 불렀다.

헤르메티카 사서들이 나뉜 것은 그때부터였다. (287페이지)

바티칸 도서관, 1527년

모든 것이 무너지며 불과 연기만이 가득했다.

"선생님! 선생님 어디 계세요?"

나는 목이 터져라 선생님을 불렀지만, 연기를 먹는 바람에 그 외침은 멀리 가지 못했다. 그래도 마른걸레를 쥐어짜는 심정으로 다시 선생님을 불렀다.

"선생님!"

"윤수야, 나 여기 있어."

선생님은 연기의 저편, 불 한가운데에 서 있었다. 나는 그리로 달려갔다. 건물 더미가 무너지며 내 앞을 가로막았지만 재빠른 몸놀림으로 이를 피했다.

"난 언제나 여기 있었어. 네 옆에."

"정말이에요?"

"물론. 난 윤수 곁을 떠나지 않았어. 지금까지."

"어서 여기서 나가야 해요. 여긴……."

낯익은 곳. 내가 마른 육포 같은 손을 갖고 있을 때 손수 파괴했던 곳이다. 선생님이 필사적으로 끌어안고 있는 책들을 보자 죄책감이 밀려왔다. 나로 인해 다시는 볼 수 없는 곳으로 떠나 버린 책들.

"제가 도서관을 이렇게 만들었어요."

내가 힘없이 말하자 선생님이 내 어깨에 손을 얹었다.

"그건 어쩔 수 없는 일이었어."

"정말요?"

"네 잘못이 아니야, 윤수야. 네 잘못이……."

그러나 말이 끝나기도 전에 붉은 화염이 선생님을 삼켜 버리고 말았다.

"선생님! 선생님!"

나는 목 놓아 선생님을 부르며 손을 잡았지만 얼마 못 가 뜨거운 열기에 놓아 버리고 말았다.

"선생님!"

"네 잘못이 아니야. 그러니까…… 마음에 두지 마."

"하지만 제가……."

꿈이었다. 그것도 지독한.

침대는 땀으로 흥건해져 있었다.

나는 선생님을 잡았던 손을 살펴보았다. 아직 열기가 가시지 않은 듯했지만, 선생님은 없었다. 모든 게 꿈이라 다행이면서도 아직 현실로 돌아가지 못했다는 사실에 좌절감이 밀려왔다. 나는 책의 어디쯤을 읽고 있을까?

최초의 책은 계속 자신을 읽으라며 강요하고 있었다. 이 책의 끝은 과연 어디일까? 다시 선생님한테 돌아갈 수 있을까? 그러려면 내가 할 수 있는 일은 챕터 하나하나에 집중하는 것뿐이었다. 책을 다 못 읽어 시대에 갇히는 불상사만은 없어야 하니까.

창문을 열자 아침 햇살이 주인을 반기는 강아지처럼 안으로 뛰어 들어왔다. 저 멀리 보이는 콜로세움이 굳이 묻지 않아도 이곳이 어디인지 알려 주었다. 햇볕과 같이 잠시 방 안을 서성거렸다. 조금 엿보는 것 정도는 괜찮겠지.

이번 챕터의 주인공은 내 또래의 소년이었다. 키도 나이도 약간 마른 듯한 몸매도 나와 비슷한. 그래서일까, 왠지 친근감이 느껴지며 마음이 편안해졌다.

파울로 마누치오는 베네치아 인쇄업자의 아들이다. 이제 갓 열다섯이 된 소년은 인쇄의 시대에 살고 있다.

책과 그 속에 담긴 지식은 더 이상 특정 계층의 전유물이 아니었다. 많은 사람들이 더 많은 정보를 원하는 바람에 책의 수요는 폭발적으로 증가했고, 원본을 필사하는 기존의 방식으로는 그 수요를 따라가지 못하고 있었다.

구텐베르크가 발명한 인쇄기*는 훌륭한 내구성으로 사람들이 원하는 정보를 더 빨리, 그리고 더 많이 생산해 내고 있었다. 그동안 왕들이나 지도자들이 틀어쥐고 있던, 혹은 어둠과 망각 속에 틀어박혀 있던 지혜로운 인간의 지식과 성스러운 신의 말씀이 그의 발명품을 통해 밖으로 쏟아져 나왔고 재조명되었다. 급기야 그것은 역사의 흐름마저 뒤바꿔 놓고 있었다.

그 흐름의 중심에 파울로의 아버지 알도 마누치오가 있었다.

출판의 역사, 아니 책의 역사만 놓고 보더라도 이 베네치아 남자의 이름을 빼놓고 얘기할 수는 없다. 알도 마누치오는 거의 모든 책의 원형을 만들었다. 흔히 필기체라 부르는 가독성 높은 이탤릭체와 문고본 포켓북인 8절판 책, 세미콜론(;)과 아포스트로피(')와 악센트(`) 부호의 발명자이자 세계 최초의 베스트셀러 편집자였다. 혹자는 출판의 역사는 마누치오 전과 후로 구분된다고 할 정도니 소년의 아버지가 책의 발전에 미친 영향은 이루 말할 수 없을 정도였다.

* 독일 마인츠의 요하네스 구텐베르크는 1450년 금속활자와 인쇄기를 만들었다. 그러나 금속활자는 그가 최초로 만든 것은 아니다. 세계 최초의 금속활자본은 1377년 우리나라에서 만들어진 '직지심체요절(直指心體要節)'이다.

"도련님, 밤새 안녕히 주무셨습니까?"

여관 밖으로 나오자 알디네 공방(Aldine Press)의 비서들이 대기하고 있었다. 파울로가 화려하게 치장된 마차에 오르자 마차는 로마 시내를 달렸다.

"안색이 별로 안 좋아 보입니다."

"어젯밤에 잠을 설쳐서……."

"첫 바티칸 방문이라 긴장하셨나 보군요."

파울로는 6개월 전의 일을 생각했다. 대부(代父)인 에라스무스 아저씨로부터 온 한 통의 편지. 바티칸의 필경사 중에 공방의 새로운 활자로 쓸 만한 필체를 가진 사람이 있다는 내용이었다.

"필경사들 만나기로 한 거 맞지?"

"그렇습니다. 안토니오 포르넬로라는 수사가 도련님을 도와줄 겁니다."

"그래. 아무래도 사람이 만든 걸 봐야겠지."

파울로는 처음에 인쇄업자가 왜 필경사를 만나야 하는지 궁금했지만 의문은 간단히 풀렸다. 인쇄에 사용할 새로운 활자라도 결국 사람이 쓴 필체를 바탕으로 만들어지기 때문이다. 다만 금속으로 깎아 내야 하므로 획이 낭비되거나 복잡함이 없이 단순명료하면서도 멋이 있어야 했다.

새로운 필체 개발이 당장 돈이 되거나 쉬운 일은 아니지만 그래도 포기할 수 없는 건 활자가 인쇄 공방의 정체성을 나타내기 때문이다. 그것은 가문의 문장과도 같은 것이었다.

알디네 공방과 마누치오 가문의 정체성은 '이텔릭체'다. 그러나 공방이 잘나가기 시작하면서 여기저기서 이텔릭체를 모방해 갔다. 결국 공방을 대표할 새로운 필체를 만들 필요가 있었다.

그렇다고 로마에 혼자 보낼 건 뭐람.

파울로가 투덜거렸다. 파울로는 늦둥이다. 인쇄업으로 명성 높던 파울로의 아버지는 파울로가 태어나고 3년 뒤 돌아가셨다. 유럽에서 가장 큰 인쇄 공방은 그 뒤 외할아버지와 외삼촌이 이어서 운영하고 있었다. 일에 바쁜 가족들 대신 파울로를 돌봐 준 것은 아버지의 오랜 친구인 에라스무스 아저씨였다. 에라스무스는 틈날 때마다 하루라도 빨리 일을 배워야 외가가 가져간 공방을 되찾아 올 수 있다고 말했다. 사실 이번에 파울로를 로마로 오게 한 데에는 공방장인 외삼촌을 설득하고 교황청과의 만남을 주선한 에라스무스의 힘이 크게 작용했다.

그러나 파울로는 여간 걱정스러운 게 아니었다. 자신에게 처음 맡겨진 어른들의 일이기 때문이다.

"그럼 저희는 여기서 기다리고 있겠습니다."

바티칸 도서관 입구에 도착하자 파울로는 마차에서 내려 홀로 안으로 들어갔다. 안에서는 중년의 수도승 하나가 미리 로비에 나와 파울로를 기다리고 있었다.

"네가 파울로 마누치오? 나는 교황청 수석 사서 안토니오 포르

넬로라고 한다."

"말씀 들었습니다. 반갑습니다, 안토니오 수사님."

수사의 얼굴에서 약간 실망하는 빛이 보였다. 파울로는 그게 자신이 너무 어리기 때문이라고 생각했다. 통성명을 마친 안토니오 수사는 파울로를 데리고 어딘가로 향했다.

"성베드로대성당은 잘 지어지고 있나요?"

"물론이지. 라파엘로나 미켈란젤로* 같은 내로라하는 예술가들이 짓고 있으니 조만간 다 지어질 거다. 덕분에 여기도 덕을 좀 보고 있지."

안토니오 수사의 말대로 화가들이 그린 장엄한 프레스코화가 도서관의 천장과 벽면에서 끝없이 이어지며 파울로의 눈을 즐겁게 했다.

안토니오 수사는 파울로를 도서관에 딸린 방으로 데리고 갔다. 방 안의 탁자에는 교황청 필경사들이 양피지 위에 쓴 성경 구절이 몇 장씩 놓여 있었다.

"이 중 네가 원하는 걸 찾아보거라. 공방과 자주 거래해서 도와는 주겠다만……. 웬만하면 빨리 끝냈으면 좋겠구나."

파울로는 탁자 위에 놓인 양피지들을 면밀히 살펴보았다. 각기 다른 이들이 썼지만 글씨체 간의 차이점을 알아보는 게 쉽지

* 미켈란젤로는 당시 영묘 설계만 맡았다. 대성당의 공사 책임자가 된 것은 1546년의 일이다.

는 않았다. 그러나 파울로에겐 세계 최고 인쇄업자의 아들이라는 자부심이 있었다. 글을 배우기 전부터 수도원 필경사들의 필체를 보며 자라 왔다.

"음…… 여기 있는 게 전부인가요?"

"그게 무슨 소리지?"

"뭔가 빠져 있는 거 같아서요. 모든 필경사의 필체가 있는 게 맞냐고요."

알렉산드리아 도서관이 무너진 후, 서방에서의 지식 전달은 주로 수도원을 중심으로 이루어졌다. 책을 베끼는 일을 하는 수도사를 필경사라 불렀다. 필경사에게 필사는 하나의 종교의식이나 다름없었기 때문에 아름다운 필체나 그림이 그들의 책에 추가되었다. 그러나 인쇄의 시대가 열리며 빠른 속도로 멸종하고 있는 것이 이들 필경사였다.

"이곳의 필경사들은 전부 내가 관리하고 있다. 여기 있는 게 다야."

"총 여덟 분이 계신 거로 아는데 수사님께서 보여 주신 필체는 일곱 종류밖에 없어요."

그러자 안토니오 수사가 놀란 표정을 지었다.

"어쨌든 제가 원하는 필체는 여기 없는 것 같네요. 그걸 좀 보았으면 하는데요."

"네가 원하는 필체가 어떤 건데?"

"제이나라는 여자가 쓴 거 말이에요. 그 여자 무슨무슨 사서라고 들었는데……."

"꼬마야, 도통 무슨 말인지 이해가 가질 않는구나. 이 성스러운 주님의 전당에 여자는 없단다. 수도사들의 경건한 수행을 방해할 수도 있거든. 볼일 다 봤으면 이제 나가 주겠니?"

"다 알고 왔습니다, 수사님."

"뭘 다 알고 왔다는 거지?"

"수사님은 헤르메티카 사서이시죠?"

헤르메티카 사서란 말이 파울로의 입에서 나오자 안토니오 수사가 아연실색하였다.

"네, 네가…… 그걸 어떻게……."

"뭐 그거야 어찌 되었든. 헤르메티카 사서끼리는 임페르티티오에 의해 모든 지식을 공유해야 한다는 것도 알고 계시죠? 위대한 필로포노스로부터 거의 천년에 걸쳐 지켜 오는 미덕인데……."

"지금 네가…… 날 협박하는 게냐? 그리고 그런 게 있다 쳐도 넌 사서가 아니니 내가 그리할 의무는 없다."

"뭐, 그렇긴 합니다만. 이걸 보고도 그런 말씀을 하실 수 있을까요?"

파울로는 품속에서 노끈으로 둘둘 감은 양피지 하나를 꺼내더니 이를 안토니오 수사의 얼굴 앞에 가져다 댔다.

"바쁘신 거 같으니 제가 직접 읽어 드리겠습니다. 교황이자 서

방 사서장인 나, 클레멘스 7세*는 그동안 알디네 공방이 우리 메디치 가문과 교황청에 보여 준 크나큰 사랑과 존경에 보답하고자, 바티칸 차원에서 그들이 새로운 서체를 찾는 작업을 도와주길 희망한다. 이에 마누치오의 아들을 오늘 하루 헤르메티카 사서로 임명하여 그 시간 동안 헤르메티카 사서이자 필경사인 제이나 이븐 유수프의 면회를 허가한다."

문서의 내용을 듣자마자 자부심에 가득 차 있던 안토니오 수사의 얼굴이 금세 똥 씹은 것처럼 바뀌고 말았다.

"정말 교황 성하께서 이렇게 말씀하신 거니?"

"물론이죠. 여기 찍힌 어부의 도장은 정확히 교황님의 것입니다."

사실 교황의 허가를 받아 낼 수 있었던 것은 에라스무스가 성베드로대성당을 짓는 데 적지 않은 헌금을 낸 덕분이었다.

"교황님께서 내리신 말씀을 거절하실 권한은 없으시겠지요?"

"따라오너라! 짜증 나는 꼬맹이 같으니라고!"

파울로는 안토니오 수사가 고귀한 신분이 아니었다면 자신에게 욕을 퍼부었을 거라고 생각했다. 아무튼 권위에 더 큰 권위로 맞선 덕분에 조금 전까지 바쁘다던 사람의 안내를 받을 수 있었

* 클레멘스 7세(1478~1534)의 세속명은 줄리오 디 줄리아노 데 메디치(Giulio di Giuliano de' Medici)로 메디치 가문의 사생아였으나, 사촌 형이자 로렌초 데 메디치의 둘째 아들인 전임 교황 레오 10세(1475~1521)를 성심껏 도운 덕분에 교황직에 오를 수 있었다.

다. 안토니오 수사는 울며 겨자 먹기로 파울로를 바티칸 비밀 장서고로 데리고 갔다.

바티칸 비밀 장서고(Archivum Secretum Vaticanum)는 아무나 함부로 발을 들일 수 없는 곳이다. 사전에 허가를 받은 사람만 입장이 가능하며 이마저도 본인이 어떤 자료를 열람할지 미리 사서에게 말해야 한다. 부분 열람은 가능하지만 전체 열람은 불가하며 자료 전체의 필사도 허용되지 않는다. 그런 분위기를 입증하듯 장서고 앞은 스위스 근위병들이 지키고 있었다.

비밀 장서고의 자료 대부분은 가톨릭교회에 민감한 부분이나 교황과 각국 군주들이 주고받은 비밀문서들이었다. 이를 읽으려 했다간 최악의 경우 국가 간의 전쟁이 일어날 수도 있지만, 파울로는 그것들이 다 부질없는 일이라고 생각했다. 어차피 향후 지구가 도는 것을 모든 사람이 알게 되고, 새로운 기독교 교리가 많은 이들의 공감을 얻게 되면 이곳에 비밀문서는 차고 넘칠 테니까.

"여기서 기다리거라."

서고의 구석에 다다르자 쇠사슬로 둘러쳐진 문이 보였다. 안토니오 수사가 품속에서 열쇠를 꺼내어 문을 열었지만 문 바로 뒤쪽은 흙벽으로 막혀 있었다. 마치 벽에 문틀을 달아 놓은 것 같았다. 하지만 두 사람은 벽으로 막힌 문을 향해 걸어갔다. 파울로는 당황스러웠지만, 미리 에라스무스에게 들은 터라 그냥 이것이 그것이구나 생각할 뿐이었다.

자연스럽게 벽을 통과하자 곧바로 작은 방이 나왔다. 통로가 없는 방 안은 훈훈했다. 방의 중앙에 책상 하나가 놓여 있었고 그 곳에 소녀가 있었다.

소녀는 종이 위에 무언가를 열심히 써 내려가고 있었다. 그 뒤에 있는 작은 책장에는 네다섯 권의 책만이 놓여 있었다.

"내가 다시 올 때까지 만이야."

안토니오 수사는 그렇게 말하고 벽을 통해 다시 밖으로 나갔다. 이제 방에는 파울로와 소녀만이 남았다.

파울로는 소녀가 있는 쪽으로 다가갔지만 누가 온 것을 모르는지 묵묵히 자신이 하던 일만 하고 있었다. 파울로는 잠시 소녀의 작업을 지켜보기로 했다.

소녀는 야무진 손놀림으로 머리글자의 세밀하고 복잡한 문양을 잉크로 정성스럽게 그리고 있었고, 그 위에 빨갛고 파란 물감을 더했다. 그 뒤 행해지는 필사는 마치 기계로 찍어 내는 듯 정확했다. 소녀의 필체에서 묘한 매력이 느껴졌다. 마치 꽃잎이 바람에 날려 하늘 위로 올라가듯 힘 있고 정겨웠으며 부드러웠다.

에라스무스 아저씨가 소녀를 만나라고 한 이유를 알 것 같았다. 이 소녀가 인쇄 공방에서 찾던 그 사람이었다. 파울로는 소녀의 글씨를 넋 놓고 바라보았다. 저것을 과연 활자로 깎아 낼 수 있을까란 의문을 품은 채.

"뭘 그리 보고 있어?"

소녀가 먼저 말을 붙이는 통에 파울로는 화들짝 놀라고 말았다.

"아……. 그냥. 난 필경사라고 해서 연세가 지긋하신 분일 줄 알았는데……. 내 또래일 줄은."

"네가 걔구나."

소녀는 하던 일을 멈추고 일어나 악수를 청했다. 발목을 묶은 쇠사슬에서 절그럭거리는 소리가 났다.

"제이나라고 해."

"난 파울로. 파울로 마누치오."

"나도 날 찾는 손님이 내 또래일 줄은 몰랐는걸."

그렇게 말하는 제이나의 눈이 반달 모양으로 펴졌다.

"무슨 일로 날 보러 온 거야?"

"저어기, 난 인쇄 공방에서 일하고 있는데……. 네 필체를 연구해서 우리 공방에서 사용할 활자로 만들어 보려고."

"인쇄 공방에서 왔구나. 부럽다. 나보다 더 빨리 책을 만들겠네."

"일이 서툴러서 딱히 그렇지도 않아."

"여기 앉아. 저 책장 위에 있는 것도 내가 썼으니까 그걸 봐도 돼."

제이나는 다시 하던 일을 진행했다. 잠시 후 방에는 사각사각 펜 굴러가는 소리와 새근새근 제이나의 숨소리만이 들렸다. 파울로도 어찌 된 일인지 그런 제이나의 얼굴에서 눈을 떼지 않고 있었다. 그러다 얼굴만 보고 있기도 뭐해서 파울로는 자리에서 일어났다. 뒤에 있는 책장에서 책 몇 권을 꺼내 들었다. 필체를 확인하기 위해서라지만 어색한 분위기를 벗어나 보고자 함도 있었다.

책을 잠깐 읽었을 뿐인데 이번에는 자신의 숨소리만 들렸다. 파울로는 그것마저 제이나가 일하는 데 방해될 것 같아 숨을 죽였다. 제이나는 동글동글한 어깨를 달싹거리며 무엇인가를 정성껏 양피지에 적고 있었다. 제이나가 아닌 제이나가 적고 있는 글을 봐야 했지만 그러기가 쉽지 않았다.

"저기 궁금한 게 있는데……."

파울로가 침묵을 깨고 어렵게 말을 꺼내자 제이나가 새카만 눈동자로 올려다보았다.

"그래? 안토니오는 네 앞에서 작업하는 것만 보여 주면 된다던데? 평소 하던 대로."

"사실, 다른 궁금한 것도 있어."

"좋아. 특별히 질문을 받아 줄게. 뭔데?"

"너…… 지금 필사하고 있는 거 최초의 책이지?"

파울로의 갑작스러운 질문에 제이나는 잠시 아무 말 않더니 이내 입술이 초승달처럼 변했다.

"내 글씨 보러 왔다는 건 거짓말이구나?"

"거짓말 아냐. 난 네 필체를 구경하고, 에라스무스 아저씨는 최초의 책이 있는지 확인해 달랬어. 서로 돕는 거랄까."

에라스무스가 기를 쓰고 파울로를 이 안으로 보낸 것은 파울로의 장래를 위한 것도 있지만, 그 자신을 위한 것도 있었다. 파울로도 그것을 알고 온 거였다. 인문학자인 에라스무스는 오래전부터 최초의 책을 쫓고 있었다. 마침내 그것이 바티칸 도서관에 있다는 걸 알아냈지만, 과거 루터*를 옹호한 전력이 있어서 도서관 출입을 금지당한 상태였다.

"맞다. 그 에라스무스란 사람 헤르메티카 사서였지."

"아저씨를 본 적 있어?"

"한 번."

제이나는 작업하던 것을 덮더니 갑자기 파울로의 눈을 뚫어져라 쳐다보았다.

"너도 금단의 지식이 담겨 있다는 그 책을 찾는 거야?"

"아니라니까 그러네."

"그래? 사서라면 다 그 책에 관심이 있을 줄 알았는데."

"난 사서가 아니야."

"그럼 사서도 아닌 애가 저 벽은 어떻게 통과한 거지?"

이제 질문하는 쪽은 제이나가 되어 버렸다. 그러나 파울로도 그 이유를 알 수 없었다. 단지 자신도 모르는 어떤 힘에 의해서랄까.

"아무 말 않는 거 보니, 너도 뭔가 감추는 게 있구나?"

---

* 독일의 성직자였던 마르틴 루터(Martin Luther)는 1517년 '95개조 반박문'을 통해 로마가톨릭교회의 부정을 고발하였고, 이는 향후 종교개혁의 시발점이 되었다.

"감추는 거 없거든? 다시 말하지만 난 네 필체에만 관심이 있는 거야. 책은 에라스무스 아저씨 때문에 물어본 거고. 만일 그 책이 모두가 탐낼 만큼 중요한 거라면 나는 그것을 최초로 출판해 보고 싶어."

파울로의 말은 사실이었다. 만일 최초의 책이란 게 있다면 파울로는 그것을 이탈리아어, 스페인어, 영어, 프랑스어 등 가능한 많은 언어로 출판하고 싶었다. 성서는 가장 많이 읽히는 책인데도 오직 어려운 라틴어로만 인쇄할 수 있는 시대였다. 인쇄업자 파울로의 눈에 그것은 말도 안 되는 상황이었다. 지식인들이 피지식인들의 접근을 막기 위해 세운 최후의 성으로밖에 보이지 않았다.

"재밌는 애네."

제이나가 웃으며 말했다.

"그 책은 틀림없이 이 방에 있을 거야. 저들이 내게 이 방에 있는 책들의 필사를 맡긴 건 나 역시 헤르메티카 사서이기 때문이고, 사서들이 안토니오와 얘기하는 걸 들은 것도 있으니……. 하지만 이 방은 감옥이야. 나와 책을 가둔 감옥. 이 방을 나서는 순간 책은 자유를 얻어 바티칸의 수십만 책들 중 하나로 바뀔 거야."

"그게 무슨 말이야?"

"너 정말 사서 아니구나? 그럼 네 아저씨를 대신해 설명해 줄게. 최초의 책은 자신의 모습을 바꿀 수 있어. 그 때문에 헤르메티카 사서들이 많은 어려움을 겪었지. 그러다 성 소피아 성당을 지은 동로마 기술자들만이 알고 있는 방법으로 서고를 만들면 최초의 책은 그 안에서 절대 밖으로 빠져나가지 못한다는 걸 알았어. 사람이 인위적으로 밖으로 들고 나오지 않는 한 말이야. 그것을 '암미소나소'라고 해. 그 뒤 최초의 책이 있을 법한 도서관에는 이 암미소나소로 만든 서고를 두는 게 하나의 유행처럼 되고 있지."

"그래? 암미소나소에 그런 기능이 있어?"

"이제 다 했다."

제이나는 자리에서 일어나 책상 위의 책들을 한쪽에 차곡차곡 쌓았다.

"최초의 책은 자신이 선택한 사람한테만 모습을 드러낸다던데……. 내가 필사하는 동안 아무 일도 일어나지 않은 거로 보아 나한테는 그걸 읽을 자질이 없나 봐."

그렇게 말하는 제이나의 얼굴이 갑자기 어두워졌다.

"실은 말이야……. 네가 말하는 그 자질이란 거, 나한테 있는 거 같다고 아저씨가 그랬어."

"뭐? 정말이야? 넌 사서도 아니라며. 하긴 저 벽을 통과한 걸 보면."

"그게 그렇다나 봐. 나도 잘 모르겠는데……."

파울로가 이야기를 본격적으로 이어 가려 하자 초대받지 않은 손님이 벽을 통해 들어왔다.

"이제 그만 나가 줘야겠어, 마누치오 소년."

“좀 더 시간을 주십시오. 금방이면 됩니다.”

파울로가 안토니오 수사에게 애원하듯 말했지만, 안토니오 수사는 이를 무시하고 곧바로 제이나에게 다가갔다.

“너 때문이 아니야. 이 아이 때문이지.”

“제이나요?”

“제이나는 마녀야. 그리고 오늘 밤 처형될 거야.”

파울로가 뒤를 돌아보자 어느새 제이나는 말없이 고개를 숙이고 있었다.

대체 무엇 때문에 제이나가 마녀라고 하는 거지? 게다가 처형이라고? 베네치아에서는 상상도 못 할 일이 이곳 로마에서 벌어지고 있었다.

“무엇 때문이죠?”

“술탄의 왕궁에 있던 연금술책을 필사한 혐의! 그건 우리 금서 목록에도 있는 아주 악랄한 책이지.”

안토니오 수사의 근엄한 모습과 제이나의 체념한 표정이 교차하면서 모든 게 명확해졌다. 파울로가 제이나를 만나고자 요청했을 때 교황청에서 순순히 받아 준 것도 공방과의 관계나 성베드로 대성당을 짓기 위한 헌금을 가장한 뇌물을 바쳐서가 아니라 어차피 곧 처형당할 거라 만나도 별 상관 없는 인물이기 때문이었다.

“얘기 즐거웠어.”

제이나는 그렇게 말하며 쓸쓸히 웃었다. 안토니오 수사는 제이나의 발목과 책상을 연결하고 있던 쇠사슬을 풀고 있었다. 그러자 소녀가 파울로의 귀에 대고 속삭였다.

"원래 이렇게 될 운명이었어. 그래도 고마워. 네가 날 만나러 와 준 덕분에 조금 더 살 수 있었으니까."

제이나의 목소리가 메아리처럼 울려 퍼졌다.

너무 가혹한 처사 아닌가? 단지 열 몇 살의 소녀를, 고작 연금술책을 필사한 것 때문에 죽이겠다고? 실컷 부려 먹더니 이제 와서 마녀로 몰아 불에 태워 버리겠다고?

그러나 그런 사실보다도 내 마음을 두드린 건 처음 보지만 처음 보는 것 같지 않은 제이나의 모습이었다. 제이나의 얼굴은 그때의 그녀와 굉장히 닮아 있었다. 할아버지의 손녀. 쌍둥이라 불러도 좋을 정도로 말이다. 다시 만날지 어떨지 모르지만 분명 내 심장은 그녀임을 알고 있었다. 단테는 베아트리체를 단 한 번밖에 보지 못했지만 평생 베아트리체를 생각하며 『신곡』을 썼다고 한다. 난 단테처럼 할 자신은 없지만 그래도 기억에 맺힌 그녀의 모습을 가끔씩 꺼내 보고는 했다.

틀림없었다. 그녀였다. 내가 육개장을 두 그릇이나 퍼먹도록 만든. 나는 그녀를 구하고 싶었다. 아니, 구하기로 했다. 나만이 할 수 있는 방법으로. 그녀의 기사가 되어서 말이다. 기사의 이름은 파울로.

* * *

뭔가 잘 안 되는지 안토니오 수사가 끙끙대고 있었다. 암미소나소는 아무나 통과할 수 없는지 아까 보았던 스위스 근위병들은 밖에서 대기하고 있는 것 같았다. 즉, 안토니오 수사는 지금 혼자였다.

나는 결단을 내렸다. 그리 어렵지는 않았다.

퍼억.

나는 쭈그려 앉아 쇠사슬을 풀던 안토니오를 축구공 차듯, 있는 힘껏 차 버렸다.

안토니오는 외마디 비명과 함께 책장 쪽으로 나가떨어졌다. 그 바람에 책장이 그 위로 쓰러졌다. 곧 뒤에서 날카로운 외침이 들렸다. 라틴어로 뭐라 그랬는데 지옥에나 가란 소리일 것이다. 신의 대리인을 쥐어 팼으니 아마 그럴 것이다.

나는 재빨리 안토니오가 바닥에 떨어뜨린 열쇠를 주워 제이나의 발목에 묶여 있는 쇠사슬을 풀었다.

"가자, 제이나!"

"어…… 어딜?"

"밖으로! 그거 얼른 챙겨."

나는 제이나에게 아까 책상 위에 올려 둔 책 세 권을 챙기라고 한 다음, 들어온 곳의 반대 방향으로 향했다.

우리 앞에는 벽이 있었다. 제이나가 이 출구 없는 방에 들어왔다면 자질이 아예 없는 건 아니었다. 벽 앞에서 잠시 멈칫했던 나는 다시 제이나의 손을 잡고 달렸다.

설령 벽에 부딪쳐 코가 바스러진다 해도 상관없었다.

제이나의 손을 잡고 있으니까.

눈앞에 벽이 들어오자, 눈을 질끈 감았다.

"성공이야!"

나와 제이나는 암미소나소의 방을 무사히 빠져나왔다. 우리는 마치 사랑의 도피를 하는 연인 같았다.

도서관 뒤편으로 나오니 아래로 내려가는 나선계단이 보였다.

그곳을 내려가자 아래에는 부서진 돌기둥과 조악한 벽돌로 만든 미궁이 펼쳐져 있었다. 입구로 연결되는 곳에 기름 축인 횃불도 놓여 있는 것으로 보아 아예 왕래가 없는 곳은 아닌 듯싶었다.

"여길 거쳐서 들어왔던 거 같아. 여긴 난리*가 났을 때 교황이 피신하는 통로라 들었어."

---

* 중세 대부분의 시간 동안 황제와 교황은 성직자 임명 문제와 교회 과세 문제로 갈등했다. 그 갈등은 16세기에 이르자 대규모 무력 충돌까지 빚었고, 실제로 이 무렵 신성로마제국 황제 카를 5세가 란츠크네히트라 불리는 용병단을 이끌고 로마로 쳐들어오고 있었다. 결국, 이들은 1527년 5월 6일, 로마를 함락시키고 무자비한 약탈을 감행하는데 이를 사코 디 로마(Sacco di Roma)라 한다. 카노사의굴욕(1077, 교황이 황제를 파문시켜 황제가 용서를 구한 사건)부터 이어진 신권(교황)과 왕권(군주)의 갈등은 아비뇽유수(1309~1377, 교회 과세 문제로 프랑스 왕이 교황을 아비뇽에 가둬 버린 사건)와 사코 디 로마를 계기로 왕권의 승리로 막을 내린다.

"어떻게 지나왔는지는 기억나?"

"아니. 그땐 눈을 가리고 있었어."

그럼 일단 무작정 가면서 길을 찾는 수밖에 없어 보였다.

"잠깐, 방법이 전혀 없을 것 같진 않아. 머리를 좀 쓴다면."

"뭔가 뾰족한 수라도 있는 거야?"

"어릴 때 술탄의 왕궁에서 길을 잃은 적이 많았어. 그때마다 언니가 가르쳐 준 방법으로 빠져나왔지. '벽 따르기 방법'이란 건데 오른쪽이나 왼쪽 중 어느 한쪽 벽면에만 손대고 따라가다 보면 출구로 나갈 수 있어."

"좋아. 한번 해 보자."

제이나가 앞장섰다. 나도 제이나를 따라 오른쪽 벽면을 짚으며 따라갔지만 계속 갔던 길을 반복해서 지나가는 느낌이 들었다.

"여기 아까 온 것 같은데?"

"그런 것 같아."

그러자 제이나는 가던 길을 멈추고 뭔가를 생각해 냈다.

"방금 시간을 절약할 방법을 알아냈어."

"뭔데?"

"일단 저기 막힌 곳으로는 들어가지 마."

제이나가 말한 방법은 이러했다. 벽 따르기는 출구를 모르는 미로 안에서 입구를 찾는 가장 확실한 방법이지만 갔던 길을 반복해서 지나가야 하는 단점이 있다. 이럴 때 삼면이 벽으로 둘러

싸인 곳을 하나의 벽으로 간주하여 그 안으로는 들어가지 않고 그냥 지나쳐 버리는 것이다.

우리는 그 방법대로 삼면으로 둘러싸인 장소를 지우고, 또 지워 가며 미궁 안을 돌아다녔다. 그렇게 하다 보니 실제 미로와 달리 머릿속의 미로는 점차 단순해졌다.

“출구다!”

“대단해! 넌 정말 천재야!”

그러나 기쁨도 잠시, 등 뒤 멀찍한 곳에서 사람들의 목소리가 들려왔다. 안토니오의 비명을 듣고 달려온 스위스 근위병들인 모양이었다. 우리는 계속 길을 재촉해야만 했다.

“여기부터는 나도 아는 길이야.”

우리는 구석에 감춰져 있던 통로를 따라갔다. 통로 끝에 다시 아래로 내려가는 계단이 보였고 그 계단을 타고 내려가자 아까보다 더 어둡고 축축해 보이는 동굴이 하나 나왔다.

“이번엔 진짜 각오해야 할걸?”

“어째서?”

“가 보면 알아.”

나는 곧 이유를 알 수 있었다. 동굴 안으로 들어갈수록 썩은 냄새가 진동하여 코를 틀어막을 수밖에 없었다. 구정물은 차라리 양반이라고 생각했다.

걸어갈수록 물이 차오르다 급기야 무릎 위까지 올랐다. 그것은 풀과 잡동사니와 심지어 동물의 사체와 섞여 묘한 악취를 풍기고 있었다. 가장 밝고 성스러운 장소 밑에 가장 어둡고 더러운 곳이라니.

"여긴 예전에 로마인들이 지하 하수도로 쓰던 곳이랬어. 그러니 이리로 쭉 가면 강이 나올 거야."

제이나가 말했다. 이곳은 제이나가 처음 바티칸 도서관으로 들어올 때 거쳐 온 장소라고 했다. 무슬림 소녀를 가톨릭의 심장부로 데려오려면 교황의 피난길을 이용하는 이런 은밀한 방법을 써야 했을 터였다.

"너 근데 어쩌다 이곳까지 오게 된 거야?"

"나는 이스탄불의 사서 집안에서 태어났어. 우리 집안은 대대로 헤르메티카 사서라 술탄의 궁전에서 책들을 관리하고 있었지. 그러던 어느 날 내가 술탄에게 바칠 코란을 실수로 찢는 바람에 무작정 배를 타고 도망쳐 나왔어. 바다 위에서 표류하다 제노바 상인에게 붙잡혔고 그들이 나를 바티칸에 팔아넘겼지."

"왜 하필 바티칸에?"

"안토니오가 그러는데 메디치 가문 사람들이 교황이 되면서 최초의 책을 아름답게 꾸미고 싶어 했대. 적절한 사람이 나오지 않다가 나를 찾아낸 거지. 필경사이자 동방 사서니까."

"동방 사서? 하긴 에라스무스 아저씨는 네 얘기를 하면서 아직 동방 사서가 있다는 것에 놀라워하셨어."

"그럴 테지. 내가 헤르메티카 사서가 되었을 땐 이스탄불에서 그 명맥만 간신히 유지되고 있었거든. 예전에 들은 건데 원래는 바그다드에 사서들이 엄청 많이 있었다나 봐. 근데 몽골군이 바그다드를 공격할 때* 다 죽었대. 사서뿐만 아니라 칼리프와 수많은 사람을 죽여서 시체로 산을 쌓았다니까."

혹시 그래서일까? 나는 제이나가 사형선고를 받았음에도 끝까지 책을 필사하려고 한 이유를 알 것 같았다. 제이나는 그렇게 해서라도 헤르메티카 사서들의 염원이던 최초의 책을 보려고 했던 것이다. 애석하게도 책을 볼 수 있는 자질은 없었지만 제이나는 마지막 동방 사서로서 최선을 다했다고 생각했다.

"헤르메티카 사서인데다 필사도 능하고……. 동방에서 넘어온 책 중에 아직 번역되지 않은 책들이 많아서 너라면 충분히 여기서도 한몫할 거 같은데 어째서 저들은 너를 불태우려고만 하는 걸까? 단지 여자라서?"

"여기 사서들이 날 보자마자 심문하는 바람에 두려운 나머지 모든 걸 털어놓았지. 과거 이스탄불에서 어떤 책을 필사했는지에 대해서도 말이야. 그중 몇 개가 교황청의 금서 목록에 포함된 책들이었어. 정확히 어떤 책인지는……."

제이나가 이에 대해 말하려 할 때 시커먼 무언가가 쏜살같이

* 1258년 훌라구의 몽골군이 바그다드를 침공하여 이슬람 아바스왕조를 멸망시켰다. 이후 오스만 제국이 등장할 때까지 이슬람 세계는 정치적 불안에 휩싸인다.

우리 앞을 지나갔다. 갑작스러운 이질감에 우리는 동시에 비명을 지르고 말았다.

쥐였다.

이런 곳에서 대체 무얼 먹고 자랐는지 크기가 강아지만 했다. 개만 한 쥐를 봤다고 하면 누구도 믿지 않겠지만 그렇게 생각하는 사이 그만한 크기로 두세 마리가 더 지나갔다. 기가 막혀 비명조차 나오지 않았다.

"여길 지나야 한다고?"

"응. 더 가야 해."

더 가야 한다는 말에 혀를 내둘렀다. 눈 깜짝할 새에 쥐 개체는 군체가 되어 있었다. 족히 100마리는 넘어 보이는 쥐 떼가 오래전에 만들어져 이미 뭉그러질 대로 뭉그러진 시멘트 위에서 진을 치고 있었다. 쥐들은 바퀴벌레 같은 시커먼 눈과 지렁이 같은 시뻘건 꼬리를 굴리며 잿빛 털 뭉치를 이리저리 비벼 댔다.

그 모습을 보던 나는 그만 욕지기가 나 구역질을 하고 말았다. 그러자 쥐들은 더 신이 나서 꼬물거렸다. 자신들이 이곳의 주인인 것처럼, 흑사병으로 유럽 인구의 3분의 2를 날려 버린 그때처럼.

"어서!"

제이나의 외침에 나는 외투에 꽂혀 있던 손수건으로 코와 입을 틀어막았다. 혹시 쥐벼룩이나 세균이 호흡기를 타고 들어갈까 봐 걱정됐다. 이런 나와는 달리 제이나는 책까지 들고 잘도 이곳을 빠져나가고 있었다. 제이나는 강했다. 내가 아는 사람들이었다면 벌써 기절하고도 남았을 것이다.

장화를 타고 발목 위까지 올라오는 놈들은 횃불로 지져 버렸다. 진정한 의미의 화형식이었다.

우글우글.

우글우글.

그러자 쥐들은 성이 난 듯 몸 쪽으로 더 거세게 기어들어 왔다. 깨무는 놈도 있었다. 답례로 횃불을 선사해 줘도 그때뿐이어서 이내 수에 밀리고 말았다. 쥐들은 나를 둘러싸더니 한시도 가만 있지 않고 찍찍대기 시작했다. 그 바람에 귀가 멍할 정도였다.

뜬금없이 사서는 왜 하려는 거야?

쥐들 중 하나가 말을 걸어왔다.

처음엔 잘못 들은 줄 알았지만 이내 뭐에 홀린 듯 그대로 멈추었다. 그러자 주변의 다른 것들마저 덩달아 외쳐 댔다. 단지 보잘것없는 쥐들이 말하는 것임에도 무슨 이유에서인지 무시할 수가 없었다.

사서 시험 얼마나 어려운지 알아?

그 어려운 시험 합격해도 갈 데가 마땅치 않아.

취직? 계약직도 하늘에 별 따기지.

차라리 다른 걸 해 봐. 같은 노력이면 일찌감치 딴 거 하는 게 백번 나을걸?

쥐들의 질문에 대답도 못 하고 혀로 마른 입술만 축여 댔다. 앞은 부유물로 잔뜩 덮여 깊이조차 알 수 없는 검은 물이 막고 있고, 옆은 시퍼런 곰팡이와 물이끼가 벽면을 휘감고 있고, 뒤에선 용맹한 스위스 근위병들이 따라오고 있었다. 쥐들은 나를 중심으로 춤까지 추고 있었다. 아무 말도 못 하는 나를 조롱하고 있었다.

니들이 뭘 안다고 그래!

나는 그렇게 말하며 횃불로 쥐들 중 하나의 몸뚱이를 쳐서 날려 버렸다. 감정이 실린 탓에 벽에 부딪힌 놈이 폭발하듯 터져 버렸다. 그러나 그것은 쥐들의 빈정거림에 제대로 된 답을 할 수 없는 나 자신에 대한 분노이기도 했다. 지금은 아니지만 나중에라도 답할 수 있을까? 저들이 옳은 것일까? 아님 내가 옳은 것일까? 원래부터 옳은 게 없는 것일까?

나는 쥐들의 춤을 물끄러미 바라만 보았다. 그러자 한없이 어두운 두려움이 내 주위를 뒤덮었다.

쥐들은 내 미래에 대해 정확히 말하고 있는지도 모른다. 나도 왜 사서를 하려고 하는지 물으면 정확히 대답할 수 없다. 사서란 직업이 뭔가 남들이 우러러보는 으리으리하면서 대궐 같은 직업은 아닌데. 사람들 앞에 나서는 것도, 사람들이 붕 띄워 주는 직업도 아닌데.

처음엔 단지 권영혜 선생님을 돕는 게 좋았다.

그러다 선생님처럼 되고 싶다고 생각했다.

선생님은 지식을 사랑했고, 지식을 사랑하는 사람들을 사랑했다. 적지 않은 나이에도 언제나 열과 성을 다해 책 읽는 사람들을 조용히 도왔다.

나도 그렇게 책 읽는 사람들을 돕고 싶었다.

그렇지만 그게 내 미래에 대한 완벽한 이유는 아니었다.

그래, 너희 말이 맞아.

아직 확신할 수 없지만, 그래도 너희가 말하는 것만이 내가 맞이할 미래는 아닐 거야.

난 지금에 살고 있으니까, 미래는 지금 무엇을 함에 따라 언제든 바뀔 수 있으니까.

그것은 이미 벌어진 일이 아니기 때문에 인과율에 어긋나는 것도 아니거든.

그래서 일단 가 볼 생각이야.

너희가 시궁창에 처박혀 입만 나불대는 동안,

너희가 말하는 그런 정해진 미래가 아닌, 스스로 만들어 가는 미래로.

"내 손 잡아!"

제이나의 목소리에 정신이 들었다. 그제야 저 멀리 동그란 빛이 보였다. 이 하수도에서 어떻게 하면 나갈 수 있는지 알 것 같았다.

"하마터면 쥐 떼에 휩쓸릴 뻔했어."

쥐들은 아쉬운 듯 찍찍대고 있었다. 고막이 터질 것 같았지만 그럴수록 앞으로 나아가야겠다는 생각만 들었다. 나는 제이나의 손을 잡고 자리에서 일어났다. 온몸에 붙은 쥐들을 떨어내면서.

어찌 되든 가기로 했다. 저 앞에 무엇이 있든.

단지 저 앞에 빛이 있으니까.

책 읽는 사람들을 돕고 싶어서 사서를 한다고?

근데 요즘 책 읽으려는 사람이 있을까?

신기하네. 신기한 아이네.

앞으로 달렸다. 저 앞의 동그란 빛이 사람 크기만 해질 때까지 두 다리를 끊임없이 움직였다.

시원하게 물이 빠지는 소리가 들렸다. 검은 물은 수백 년에 걸쳐 그대로 강으로 흘러 들어가고 있었다. 로마의 젖줄, 테베레강이었다.

하수도 끝에 겨우 걸려 있던 쇠망을 발로 걷어차 버리고 나는 땅 위로 올라갔다. 쥐들의 핀잔에 대한 화풀이였다.

올라오자마자 크게 숨을 들이켰다. 강물에 물이끼가 섞여 비릿한 냄새가 났지만 그렇게라도 하지 않으면 온몸에 뭔가 스멀스멀 기어 다닐 것만 같았다. 흐르는 강물에 귀도 씻었다. 예로부터 지혜로운 이들이 더러운 것을 들었을 때 하는 행동이었다. 나는 지혜로운 이는 아니지만 그렇게라도 해야만 했다.

"더러운 쥐새끼들 같으니라고!"

그렇게 투덜대는 내 옆에 제이나가 서 있었다. 제이나의 손발과 다리는 성한 데가 없을 정도로 엉망이었다. 쥐가 깨문 자국이 여기저기 선명해 눈 뜨고 보기 힘들 정도였다.

"그래도 책은 지켜 냈잖아."

강 주변에 쌓은 제방 위에 책을 얹어 놓으며 제이나가 말했다.

"아직 병사들이 쫓아오고 있어."

"알아."

제이나가 나를 끌어당기며 말했다.

"그래도 고마워. 날 포기하지 않아 줘서."

그 바람에 제이나의 입술이 내 입술을 짧게 스쳐 갔다. 그러자 온 감각이 머리로 몰리며 머리털까지 쭈뼛 서는 느낌이 들었다.

얼굴에선 열까지 나기 시작했다.

"별…… 말씀을."

제이나를 만나면서 확신한 게 있었다. 아니 두 번, 이번까지 세 번째 챕터를 읽으며 말이다.

최초의 책은 독자를 절대 생뚱맞은 곳에 떨어뜨리지 않는다는 것.

시대와 사람은 바뀌어도 책은 언제나 주변에 있었다. 니코메데스였을 때는 책에 대해 알고 있는 사람이 곁에 있었고, 암르였을 때는 책을 찾은 사람이 그 책을 건네주었다. 최초의 책이 제이나 주변에 있다는 걸 안 이상, 제이나를 도와주지 않을 이유는 없었다. 내가 개입하지 않았더라도 이 챕터의 주인공인 파울로도 그랬을 것이다.

암미소나소의 방에 있던 책 중, 반응하지 않은 책은 제이나가 필사하던 한 권과 그녀가 책상 위에 올려놓은 두 권뿐이었다. 그 중 하나가 내가 찾는 책이니까, 탈출할 때 그 세 권을 전부 가지고 나오면 되는 거였다. 만일 잡히면 손에 있는 걸 빠르게 읽어서 이 시대를 벗어날 생각이었다.

그렇지만 그렇게 내가 떠나면 제이나는 어찌 될까? 잡히면 꼼짝없이 죽음을 맞이할 것이다. 제이나를 살리는 것이 인과율에 어긋나는 행동은 아닌 듯 보였다. 만일 그랬다면 아예 탈출조차 못 했을 테니까. 따라서 오늘 어떻게 할지는 암미소나소의 방을 빠져나올 때 이미 정해져 있었다. 단지 그것만이 내가 제이나와 함께한 이유는 아니지만 말이다.

강 너머로 해가 지고 있었다. 석양보다 아름다운 것은 이 세상에 흔치 않았다.

책 중 하나를 펴서 이번 챕터를 마무리하려다 문득 제이나 쪽을 보았다. 제이나는 강물이 흐르는 쪽으로 가 구정물로 범벅이 된 자신의 몸을 조용히 씻고 있었다. 일부러 내게 관심을 두지 않는 것으로 보였다. 그게 조용히 갈 길 가라는 뜻이란 걸 내가 모를 리 없다.

"이제 어떡할 거야?"

"뭐가?"

"갈 데 없잖아. 여긴 너에겐 낯선 나라고, 고향에 가도 널 반겨줄 거 같진 않은데? 그리고 쥐에 물린 상처들도 치료해야 하고."

"상관 말고 얼른 그거나 가지고 가. 거기에 내 글씨 전부 담겨 있으니까."

제이나는 그렇게 외치고 하던 일을 했다. 나는 강물 쪽으로 달려가 제이나의 팔을 움켜잡았다. 꽤 세게 잡았는지 제이나가 미간을 찡그렸다.

"나랑 같이 가자."

"뭐라고?"

"내 고향 베네치아는 자유의 도시야. 사람을 종교나 인종으로 차별하지 않아. 서방 사서라 불리는 헤르메티카 사서들도 그래서 거기에 새로 터전을 잡은 거고. 그리고 나는…….”

5초, 10초, 침묵의 시간이 길어지자 제이나의 입술이 먼저 움직였다.

“……그래서 너는?”

“난 네가 필요해.”

알디네 공방에서는 아랍어로 적힌 고대 그리스·로마의 책들을 이탈리아어로 번역하여 출간하고 있다. 그리고 인문학자들은 이를 연구하여 오랫동안 잠들어 있던 유럽을 깨우고 있다. 사람들은 그것을 ‘소생’이란 뜻의 ‘르네상스’라고 불렀다.

나는 응당 그리해야 한다고 생각했다. 아까 쥐 떼에 파묻혔을 때 제이나가 내 손을 잡아 주었기 때문만은 아니었다. 아리스토파네스, 필로포노스, 내가 떠난 후 날 도와준 이들이 어찌 되었는지는 모르겠지만 이번만큼은 모른 척하고 지나기가 싫었다.

내 뜻에 파울로도 반대하지 않았다. 아니, 내가 개입한 뒤부터 파울로는 조용했다. 모든 걸 내게 맡긴 듯이 말이다.

“어떻게 해서든 널 끝까지 책임지고 싶어.”

내 말을 들은 제이나는 아무 말 없이 땅만 보았다. 빨개진 제이나의 뺨 뒤로 해가 마지막 붉은 숨결을 몰아쉬고 있었다. 저 빛이 다 부서지기 전에 대답을 듣고 싶지만 그럴 수 없을 것 같았다.

“저쪽이다! 잡아라!”

나는 제이나의 손을 잡고 달렸다. 이쪽으로 가면 분명 바티칸 도서관 입구가 나올 것이고, 그 앞에 비서들이 마차를 대기해 놓고 있을 것이다. 다리가 풀릴 것 같지만, 손을 놓칠 것 같지만, 마지막 있는 힘을 모두 짜내었다.

"내 손 꽉 잡아!"

우리는 달렸다.

해가 강 너머 둔덕의 끄트머리에 걸렸을 무렵, 나는 책을 펼쳤다. 제이나의 손은 아직 놓지 않은 채였다. 꿈속에서 선생님의 손은 놓아 버렸지만 이번에는 그러기 싫었다. 풀잎도서관 지하 창고에서 선생님의 책을 끝까지 놓지 않았던 것처럼.

어느새 주홍색 빛살이 책을 곱게 물들이고 있었다.

파울로 마누치오는 그가 스물한 살이 되던 1533년에 인쇄 공방을 물려받았다.

그는 치열한 경쟁으로 쇠락해 버린 공방을 일으키기 위해 백방으로 노력했지만 그의 아버지와 같은 영예를 얻지는 못했다. 결국, 1597년 마누치오 가문은 인쇄 사업을 접어야만 했다.

파울로가 바티칸 도서관에서 가져온 세 권의 책은 인문학자 에라스무스에게 전달됐다.

그러나 후에 에라스무스는 구교(가톨릭)와 신교(개신교) 사이에서 중도

적인 태도를 보인 이유로 양쪽 모두의 공격을 받게 되었고, 이로 인해 자신이 몸담고 있던 케임브리지 대학교마저 떠나게 되었다. 그는 다시 돌아오지 못할 것을 예감했는지 떠나기 전, 그의 오랜 친구였던 토머스 모어에게 자신의 모든 장서를 맡아 주기를 부탁했다.

최초의 책은 다시 길을 잃었다. 이제 인쇄는 책을 어디서든 마음껏 만들어 냈다. 책의 수가 많아졌다는 것은 헤르메티카 사서들에게 반가운 일이 아니었다. 따라서 그 책을 인위적으로 고정시킬 필요가 있었다. (336페이지)

토머스 모어 컬렉션, 1881년

"대체 뭐가 되려고 그러는 거야!"

객기로 아빠에게 대들었다가 한 대 얻어터진 다음 들은 말이었다.

"짜증 나!"

그렇게 말하고 대문을 박차고 나왔다. 아빠에게 혼난 것도 있지만 그 질문에 제대로 답할 수 없어서였다. 커서 뭐가 되긴 하겠지. 적어도 아빠처럼 되고 싶진 않았다. 난 이혼 같은 것은 하지 않고, 내 아이들에게 반듯한 엄마 아빠를 만들어 줄 거야.

집을 나오긴 했는데 마땅히 갈 데가 없어 도서관으로 향했다. 울적해진 마음에 영화나 보려고 한 거지만 솔직히 나도 멀티플렉스가 있는 도시에서 캐러멜 팝콘을 먹으면서 보고 싶었다. 이 역시 이런 한적한 곳에 정착한 아빠 때문이라고 생각하니 또 짜증이 밀려왔다. 매점에서 팝콘 대신 산 새우깡을 하나씩 꺼내어 빨아 먹었다. 시청각실에서는 취식이 금지되어 있기 때문이다.

연거푸 영화를 세 편이나 보았다. 하나는 톰 크루즈가 나오는 액션 영화였고, 하나는 좀비가 나오는 거였고, 마지막 하나는 졸면서 봐서 기억나지 않았다. 마지막 영화의 엔딩 크레딧이 올라가고 있을 때 누군가 시청각실로 들어왔다.

"그래서 집을 나온 거라고?"

권영혜 선생님이 왕돈가스 정식을 사 주며 물었다. 나는 칼로 자르지도 않은 돈가스를 한입 크게 베어 물며 고개를 끄덕였다.

"가출은 아니지? 이거 먹고 얼른 들어가. 아버지가 걱정하시겠다."

"가출 아닌 건 맞는데, 아버지가 걱정하는 건 아닐걸요? 저 같은 놈은 쓸모없다고도 했으니까."

"쓸모없긴. 우리 윤수만큼 선생님 잘 도와주는 친구도 없는데."

"에이, 우리 선생님 칭찬이 지나치시네요."

"선생님은 빈말 같은 거 잘 못 하거든?"

"아, 네, 네."

선생님의 말에 억지로 수긍한다는 제스처를 취한 후 다시 돈가스를 한입에 넣었다. 정말 내가 누군가에게 필요한 사람이긴 한 걸까? 누군가 날 필요로 한다면 구체적으로 무엇 때문일까?

"윤수, 도서관 다닌 지 얼마나 됐지?"

"3년? 4년? 그때 아버지가 등 떠밀어서 억지로 왔지만요."

계기는 그랬지만 그렇게 만난 선생님이 날 잡아 주지 않았다면 아마 난 아버지와 싸우다 진작에 집을 나왔을 것이다.

"벌써 그렇게 됐구나. 도서관 일 해 보니까 어때? 재밌어?"

"뭐, 재밌으니 여기 계속 붙어 있는 거 아니겠어요? 도서 위원도 하고."

"그렇구나. 그래서 우리 윤수가 그렇게 잘해 왔던 거구나."

"갑자기 왜 그러세요? 혹시 이 돈가스 저보고 사라고?"

"아니."

선생님이 웃으며 말했다.

"지금 윤수한테 스카우트 제의하는 건데?"

"스카우트?"

"이제 윤수도 슬슬 '진로'라는 것에 대해 생각해 볼 나이인 거 같아서. 만일 지금 하는 일이 재미있다면 그게 윤수의 진로가 될 수도 있거든."

선생님도 나처럼 돈가스를 포크로 푹 찍어 한입에 넣었다.

"그래서 말인데 나중에 사서 할 생각 없어?"

"사서요?"

"그래 선생님 같은. 혹시 네 마음에 방이 하나 남아 있다면 선생님은 윤수가 그 방을 '사서'로 채웠으면 좋겠어."

권영혜 선생님이 조심스럽게 얘기했다. 그러나 대답이 어렵지는 않았다. 예전부터 막연하게나마 생각해 오던 것이니까.

"돈은 많이 벌어요?"

"아니. 하지만 돈가스 사 먹을 정도는 벌어."

"그럼 좋아요."

그렇게 말하며 왕돈가스 정식을 싹싹 비우는 내 모습을 선생님은 물끄러미 바라보았다.

'사서'라.

학교 끝나면 내내 선생님과 시간을 보냈으니 그렇게 제안할 만도 하지. 아니, 차라리 영화감독이 나을까? 도서관에 있는 DVD는 거의 다 봤는데. 그래도 선생님이 말한 '그것'을 담아 두는 것도 나쁘지 않을 것 같았다.

선생님과 했던 약속.

그 약속만 아니라면 내가 이 이상한 책을 읽을 일도 없었겠지.

그렇지만 후회는 없었다. 단지 다시 돌아갈 수 있을까 하는 두려운 마음에 이리저리 흔들릴 뿐이었다.

BC 185년, 642년, 1527년…….

앞의 세 챕터를 곱씹어 보았다. 분명 챕터를 넘길수록 책은 조금씩 내가 있던 시대로 다가가고 있었다. 끝을 알 수 없지만 책에는 끝이 있다고 하니까. 그렇다면 그 끝은 어쩌면 원래 내가 있던 시간대와 책 속의 시간대가 일치하는 때가 아닐까?

이번 챕터에서 그것을 확인해 보고자 했다. 일종의 도박이었다. 1527년보다 앞선 시대가 나오든가 하면 이 자그마한 가설은 틀린 것이 되고, 돌아갈 수 없다는 사실에 정말로 좌절할지도 모른다. 그래도 사실을 확인하려면 책장을 넘겨야만 한다.

해 보자.

나는 입술을 깨물었다.

설마? 제발!

챕터의 첫 책장을 넘기자 눈앞에 펼쳐진 것은 눈이 쌓인 어느 도시의 거리였다. 이를 보자마자 나는 환희에 차 주먹을 불끈 쥐었다. 돌아갈 수 있다는 희망이 순식간에 풍선처럼 부풀어 올라 이제는 확신이 되었다.

다시 돌아갈 수 있어. 선생님과의 약속을 지킬 수 있어.

그러는 동안 멋들어진 중절모와 화려한 드레스 사이로 증기기관차와 마차가 지나다니고 있었다.

거리의 한쪽 구석에서 창백한 얼굴의 남자는 누군가를 기다리고 있었다. 허연 입김이 흘러나올 때마다 벌어진 코트의 옷깃을 여몄다. 그 앞을 지나다니는 거리의 사람들 역시 바닥에 쌓인 눈과 찬 공기로 인해 온통 코와 뺨이 벌게져 있었다.

"제임스 모어 씨?"

굴러다니는 얼음덩어리를 툭툭 차고 있던 남자에게 누군가 말을 걸었다. 고개를 끄덕이자 그가 악수를 청했다.

"대영박물관 산하 RSOB의 윌리엄 녹스입니다."

"짐 모어입니다. 그냥 짐이라 부르십시오."

"날이 추우니 어서 갑시다."

깔끔한 얼굴의 짐 모어와 달리 윌리엄 녹스의 얼굴은 절반 가까이 수염으로 덮여 있었다. 간단히 통성명을 마친 둘은 근처에서 마차를 잡아탔다. 자리에 내려앉은 냉기가 짐의 엉덩이를 타고 올라왔지만 밖의 추위에 비하면 참을 만했다.

하늘은 허연 우유와 같아 금방이라도 뭔가 쏟아질 것 같았다. 짐이 마차 창문을 통해 풍경을 보던 중, 그만 달리던 마차가 급정거하고 말았다. 신문을 읽으며 길을 건너던 남자 때문이었다. 다행히 다친 사람은 없었지만 윌리엄 녹스는 옷매무새를 정리하며 투덜거렸다.

"세상이 쓸데없는 활자로 넘쳐나고 있어요. 저기 좀 보세요. 길거리에 교양인들만 있는지 다들 뭔가 읽느라 느릿느릿 길을 건너잖아요. 저러다 마차에 치이면 어쩌려고. 말셉니다, 말세."

윌리엄 녹스가 혀를 차며 말했다. 그의 말대로 세상은 활자로 넘쳐 나고 있었다. 이제는 글을 알거나 책을 가지면 출세하는 시대도, 도서관이 부와 권력의 상징인 시대도 지났다.

"도서관을 파시겠다고 해서 놀랐습니다."

다시 윌리엄 녹스가 말했다.

"놀랄 정도인가요?"

"그럼요. 그 유명한 토머스 모어의 장서들 아닙니까?"

"대단한 건 아닙니다만."

"대단하지 않을 리가요? 『유토피아』의 저자이자 영국 최초의 인문주의자, 이 땅에 최초로 그리스·로마의 고서적을 들여오신 분인 데다 그 희귀본들을 보호하기 위해 왕립고서적학회(RSOB, Royal Society of Old Books)를 창설하셨죠. 저는 그 RSOB의 멤버입니다. 이 정도면 대단할 이유가 충분하지요?"

토머스 모어를 소개하는 윌리엄 녹스의 얼굴에서 자부심이 엿보였다. 이를 듣는 짐 모어는 토머스 모어의 10대손이었다. 윌리엄 녹스가 말한 것쯤은 이미 뼛속부터 알고 있는 사실이었다. 애써 말하지 않아도 윌리엄 녹스 이상으로 짐은 자신의 할아버지의 할아버지가 대단하다고 생각했다. 대법관으로 공정한 법 집행을 했고, 인문주의자로 탁월한 식견을 보여 줬으며, 헨리 8세의 재상으로 나라를 다스렸으니 말이다. 비록 왕의 이혼을 반대한 인문주의적 양심 때문에 불공정한 법 집행을 받아 목이 잘렸지만 영국의 국민들은 아직 그를 사랑하고 있었다. 그러나 짐은 오히려 그런 점이 마음에 들지 않았다. 너무 뛰어난 조상 때문에 후손은 쓸데없이 많은 기대와 주목을 받으며 자라왔다.

"그렇긴 하지만 오래된 거라고 다 가치 있는 건 아니겠지요?"

"맞아요. 근데 요샌 오래된 거라면 다들 사족을 못 쓰니……. 그러니 저 같은 골동품 감정사가 있는 거 아니겠습니까? 참, 한때 골동품을 다루셨다고요?"

"잠시, 아주 잠시 동안이었을 뿐입니다."

짐은 더 말하지 않고 창밖만 보았다. 그러는 사이 마차는 런던 외곽의 어느 고즈넉한 언덕에 다다랐다. 마차 삯을 지불하고 두 사람은 구릉을 가로질러 좀 더 걸었다. 바람이 심하게 불었다. 찬 바람이 폐 깊숙이 들어올 때마다 짐은 기침을 해 댔다.

걷기가 지루해질 무렵 두 사람은 어느 낡은 저택에 다다랐다.

담벼락의 긴 담쟁이덩굴은 말라비틀어져 있고, 앞마당에 있는 정원은 잡초와 물구덩이로 엉망진창이었다. 그러나 그 중심에는 나무와 벽돌, 흙만으로 단단하고 야무지게 지어진 이층집이 있었다.

"모어가(家)의 도서관입니다."

짐이 무미건조한 목소리로 말했다.

선생님에게 사서가 될 생각이 없냐는 '정식' 제안을 받은 후, 나는 더욱 열심히 도서관 일을 도왔다. 일하는 게 달라진 건 아니니까 마음가짐이 달라졌다고 보는 게 맞을 것이다.

"오늘부터 도서관 장서 점검 기간입니다. 할 게 많으니까 두 명이 한 조로 각 층을 맡아야 해요. 나랑 미경 쌤은 책이 가장 많은 1층을 맡고, 여진 쌤과 윤태 쌤이 2층. 한 주무관님께는 죄송하지만 시청각실이랑 나머지를 부탁드릴게요. 그리고 창고는 정민이하고 윤수가 하는 거로."

장서 점검은 한 해 동안 도서관에서 치러야 하는 일 가운데 가장 손이 많이 가는 것으로 꼽힌다. 1년에 한 번, 도서관을 일주일 동안 휴관하고 진행하는데 모든 책을 꺼내어 일일이 시스템에 등록된 정보와 대조해야 하는 큰 작업이었다. 상반기의 대미를 장식하는 일로, 전국의 중고등학생이 몰리는 하반기의 가을 도서학교와 더불어 풀잎도서관의 양대 연례행사였다.

그런데 하필 정민이 형이랑 같은 조라니. 기껏 열심히 해 보려고 마음 다잡은 상태인데.

기증도서 사건이 있은 뒤부터 형과는 계속 서먹서먹하게 지냈다. 오히려 그렇게 지내는 게 서로에게 편한 것 같았다. 그동안 혹여나 꼬투리라도 잡히지 않을까, 도서관 실무를 더욱 열심히 공부했다.

정민이 형과 계단을 내려가는 동안 아무 말도 하지 않았다. 곧 굳게 닫힌 지하 창고의 철문이 우리를 맞이했다. 그러자 정민이 형이 먼저 말을 꺼냈다.

"너랑 여기 온 게 지난번 이후로 처음이네."

"그…… 그러게요, 형."

"그때 싫은 소리 좀 했다고 요새도 피해 다니냐? 사내자식이 쪼잔하게시리."

"그게……."

형의 말에 나는 아무 대꾸도 하지 못했다. 귀밑부터 열이 훅 올라오는 게 느껴졌기 때문이다.

창고 문을 열고 안으로 들어갔다. 안에는 책들이 밤새 내린 함박눈처럼 수북이 쌓여 있었다. 그러나 왠지 그때만큼 막막하진 않았다.

"지난번보다 쉬울 거야. 여기 있는 거 실물이랑 시스템이랑 비교만 하면 되거든. 안 맞으면 그에 대한 사유 작성하고."

정민이 형의 진두지휘로 우리는 한 권 한 권 앞으로 나아갔다. 우리 도서관은 RFID 같은 기술은 적용되어 있지 않아서 책들을 찾아다니며 하나하나 바코드 리더기로 찍어야만 했다. 그러나 더 큰 문제는 이렇게 모인 수많은 바코드 정보를 어떻게 KOLAS 시스템에 있는 것과 비교하느냐는 거였다.

"너 그렇게 하다간 일주일 안에 못 끝낸다."

"네?"

바코드를 시스템과 하나씩 비교하고 있던 나를 보며 정민이 형이 말했다. 그때의 일이 재현되는 건가?

"이리 줘 봐."

살짝 얼어붙은 내가 정민이 형에게 업무용 노트북을 넘기자 형은 KOLAS에서 자료를 내려받은 다음, 바코드가 포함된 엑셀 파일과 같이 만지작거렸다. 그러더니 단숨에 그 많던 KOLAS 정보와 서적 바코드의 정보가 비교되어 결과가 출력되었다.

"이거 내가 엑셀에서 만든 매크로야. 이걸 쓰면 비교 결과가 틀린 것만 출력되니까 바코드만 다 찍어 오면 돼."

"와, 형 대단해요."

진심 감탄했다. 역시 경력은 무시할 수 없구나. 형의 손길을 거치자 가속페달을 밟은 듯 일에 속도가 붙었다. 이대로라면 내일모레면 다 끝낼 수 있을 것 같았다.

"이제 쉬엄쉬엄해."

"에이, 형이 다 했으니 지금부터 제가 해야죠. 수리할 거, 폐기할 거, 정리해야 하고……. 그래도 형 덕분에 진짜 빨리했어요."

"요즘은 이런 구닥다리 방법 잘 안 써."

아무렇지 않게 말하며 자판기 커피를 한 모금 마시는 형이 대단해 보였다. 같이 일해 보니 잘 맞는 구석도 있었다. 지금까지 내가 괜한 오해를 했었나?

"너 도서관 업무에 관심 많은 것 같던데 나중에 우리 학교 문헌정보과 들어와. 이래 봬도 꽤 유명하거든. 만약 들어오면 족보 정도는 줄 수 있을 거야."

순간 울컥하고 말았다. 이게 아닌데.

정민이 형이 내가 자신을 골탕 먹인 일에 대해 아는지 모르겠지만, 이제 보니 애초에 형은 나에 대한 거리낌 따위는 없어 보였다. 문제는 나였다. 내가 형을 피했고, 내가 형에 대한 편견을 가지고 있었다. 형을 한 번 이겼다고 좋아하고 있었지만, 사실 패배자는 나였다. 형이 나보다 앞서 있다는 열등감에 빠져, 이른바 '정신승리' 중이었던 것이다.

그렇다면 지금 내가 할 수 있는 건 딱 하나. 그때 그 일에 대해 정민이 형에게 솔직히 말하고, 용서를 구하고 싶었다. 형이 화가 나서 나를 한 대 치거나 다시 서먹해지더라도 어쩔 수 없었다. 이렇게 잘 지낼 수도 있었는데 그러지 못했던 것은 전부 내 잘못이니까.

내가 풀어야만 했다. 그러고 싶었다.

앞날을 위해 꼭 그래야만 했다.

"저…… 형…… 실은……."

"윤수야, 나 오늘이 마지막 날이다."

커피를 다 마신 형이 담담하게 말했다.

"훌륭하군요. 훌륭해요."

램프를 켜자마자 윌리엄 녹스가 말했다. 주위는 온통 책으로 둘러싸여 있었다. 벽난로가 있는 중앙을 빼고는 모두 책장이었다. 관리하지 않아 켜켜이 먼지가 쌓여 있음에도 윌리엄 녹스는 그 자태만으로도 감탄사를 연발하고 있었다.

짐은 그런 윌리엄 녹스에게 담요를 권하고는 벽난로에 불을 붙이고, 찻주전자를 얹었다. 물을 끓이는 동안 그는 벼룩시장에서 대충 구해 온 싸구려 소파 위에 앉아 있었는데 소파에서 피어오른 먼지 때문인지 주체할 수 없을 정도로 기침이 심해졌다.

"정작 담요가 필요한 건 당신 같군요."

윌리엄 녹스가 덮었던 담요를 돌려주며 말했다. 짐은 양해를 구하고 담요 안으로 들어갔다. 얼었던 몸이 입 속의 사탕처럼 녹자 조금 여유가 생기는 것 같았다.

"책이 생각보다 많네요."

"저희 가문 사람들은 대대로 책 수집가죠. 할아버지와 그 위의 할아버지들은 독서광이자 RSOB의 창시자인 토머스 경의 명성에 누가 될까 노심초사해 왔습니다. 그래서 다들 열심히 모았죠. 시대별로, 장르별로, 셰익스피어의 작품만 모으기도, 오래된 거라면 마구잡이로 모으기도 했지요. 저기 보이는 각각의 책장엔 주인이 있어요. 각 대의 할아버지들 작품이거든요."

마침 차가 다 되어 윌리엄 녹스는 찻잔을 손에 들고 자리에서 일어나 서재 주위를 둘러보았다.

"이건 누구 건가요?"

"그건……. 제 아버지의 것입니다만. 왜 그러시죠?"

"찰스 디킨스의 작품들을 출판사별로 나눴네요. 초기작은 채프먼 앤 홀 출판사였지만, 후기작은 브레드버리 앤 에반스죠. 한 작가의 작품인데도, 출판사가 다른지라 다르게 보이기도 해요. 책장이 어떤 식으로 정리되었는지를 보면 그 사람의 지식 수준을 유추할 수 있다는데, 아버님께선 책을 참 깊게 읽으셨군요."

"칭찬 감사합니다만 오늘 판매할 건 그게 아닙니다."

짐의 말에 윌리엄 녹스가 무안한 듯 웃었다. 짐은 본론을 이야기하고 싶었다. 한시라도 빨리 2층 구석의 마지막 방. 그곳을 윌리엄 녹스에게 보여 주고, 그에 걸맞은 대가를 받고 싶었다.

다행히 차를 다 마신 윌리엄 녹스는 짐의 기대를 저버리지 않고 먼저 2층으로 올라갔다. 2층 복도에 진열된 다른 할아버지들의 컬렉션은 마차 안에서 경치를 보듯 지나쳤다. 때문에 책 한 권을 구하기 위해 전 세계를 돌아다닌 얘기며, 옥스퍼드나 케임브리지의 교수와 독대한 얘기들, 심지어 다른 나라의 왕까지 속이며 책을 빼돌린 얘기들은 그대로 묻혀 버렸다.

"짐, 여기 이 책장은 뭐죠? 책이 한 권밖에 없어요."

다시 윌리엄 녹스가 멈추는 바람에 그대로 토머스 모어의 컬렉션으로 들어가려던 짐의 계획은 무산되고 말았다. 자식이 태어나면 대대로 책장을 만들어 주던 모어 가문의 전통을 지금만큼은 부정하고 싶었다. 그곳에는 『칼데아의 창세기(The Chaldean Account of Genesis)』라는 책만이 꽂혀 있었다.

나는 권영혜 선생님의 방으로 달려갔다.

정민이 형이 갑자기 그만두는 것에 대해 선생님은 뭔가 알고 있다고 생각했다. 불현듯 선생님이 예전에 도서관 예산 문제로 더는 계약직 사서를 받을 수 없다고 한 게 생각났다. 이를 직접 확인하고 싶었다.

선생님은 책상 위 컴퓨터 모니터만 주시하고 있었다. 아마 장서 점검 때문에 여유가 없어서일 것이다.

"선생님, 정민이 형 그만두는 거 알고 계셨어요?"

"응."

그렇게 말하는 선생님의 목소리가 평소와 달리 차갑고 낯설게만 들렸다.

"어째서죠? 돈 문제 때문인가요?"

"응."

"그래도, 정민이 형은 문헌정보과 나왔고 일도 저보다 잘하는데……."

그리고 아직 미안하다는 얘기도 못 했는데.

"맞아. 그래서 보내는 거야. 읍 도서관에 추천서를 써 줬으니까 운 좋으면 다시 일할 수도 있겠지."

"왜요? 어째서죠?"

내가 따지듯 묻자 모니터를 보던 선생님의 눈동자가 내 눈을 응시했다. 금방이라도 눈이 꿰뚫어질 것 같아 똑바로 쳐다볼 수 없을 정도였다.

"윤수야, 물어볼 게 있어."

"뭔데요?"

"사서가 되고 싶단 그 마음 계속 변치 않을 수 있어?"

"그게 무슨 말씀이세요?"

"어려운 정사서 시험 떨어져도, 그 어려운 시험 합격했는데 막상 갈 데 없을 때도, 정민이처럼 계약직에서 갑자기 잘려도, 사서를 전국에서 열 명만 뽑아도……. 그리고 도서관이 갑자기 무너지고, 선생님이 없어져도 그 마음 변치 않을 수 있냐고."

그러나 나는 선생님의 갑작스러운 질문에 꿀 먹은 벙어리가 되고 말았다.

"그건 별거 아니니, 어서 방으로 들어가시지요."

"『칼데아의 창세기』. 저, 이 책의 저자 알아요. 조지 스미스라고, 바로 옆 부서에서 일했죠. 고고학을 독학으로 공부해서 자신이 원하던 걸 이룬 남자였어요. 말년이 좋지 않았지만, 요즘 같은 세상에 꿈과 열정 하나로 자기 인생을 바꾸는 게 어디 쉬운 일입니까?"

윌리엄 녹스는 꿈과 열정에 힘을 주어 말했다. 짐은 대수롭지 않게 들으려 했지만, 쉽지 않았다. 한때 짐도 그런 것에 매료된 적이 있었기 때문이다. 조지 스미스는 자신의 우상이었으니까.

서적 애호가였던 짐의 아버지는 책이 어떻게 사람의 인생을 바꿔 놓을 수 있는지에 대해 말하며 조지 스미스를 예로 들고는 했다. 가난한 인쇄공이었지만, 자신이 인쇄하던 고고학 서적을 읽으며 노력한 결과,* 그토록 바라던 고고학자가 되었다는 동화 같은 얘기였다.

그러나 짐은 앉아서 책만 읽고 싶진 않았다. 조지가 발견했다는 고대 유적을 벽난로가 있는 거실이 아닌 모래바람이 부는 사막 한가운데서, 활자가 아닌 두 눈으로 보고 싶었다. 얼마 후 조지 스미스가 아시리아 발굴지에서 성경의 대홍수가 기록된 석판을 찾아냈다는 기사가 나왔을 때, 짐은 자신이 성공한 것처럼 기뻐했다. 『칼데아의 창세기』는 그때 산 것이었다. 토머스 모어가 가졌던 학자의 피와 탐구자의 정신은 엉뚱하게 발현되어, 짐은 학교를 졸업하면 아시리아로 떠나 조지 스미스의 조수가 될 생각에 들떠 있었다. 그러나 졸업을 불과 1년 남겨 둔 1876년, 조지 스미스는 발굴지에서 병에 걸려 서른여섯의 젊은 나이에 세상을 떠나고 말았다.

"저는 그런 꿈이니 열정이니 하는 거 좋아하지 않습니다."

"그러는 당신도 한때 골동품을 다루었잖아요? 그런 직업은 꿈과 열정이 없으면 할 수 없어요."

"아까도 말씀드렸듯이, 그건 잠깐이었습니다."

---

* 점심시간마다 대영박물관에 들러 발굴물을 구경했는데, 이를 신기하게 여긴 박물관 아시리아 발굴 책임자의 눈에 들어 정식 조수가 되었다고 한다.

짐은 그때 일을 기억조차 하기 싫었다. 그때는 분명 미쳐 있었으니까.

짐은 아버지에게 자신이 조지 스미스의 뜻을 이어 아시리아 연구를 계속하겠다고 했다. 그러고는 가문의 전통인 책 수집은 그만두고, 고고학 연구를 위한 도자기나 점토판 같은 것을 비싼 돈을 주고 사들였다. 대부분이 가짜였지만, 사재기를 멈추지 않았다. 짐은 자신의 모든 것을 걸고 연구에 매진했다. 좀 더 노력하면 진짜로 아시리아에 갈 수 있을 것 같았다. 그러다 넘지 말아야 할 선까지 넘고 말았다. 가짜 골동품을 진품으로 속여 되팔았던 것이다.

감옥에서 돌아온 짐을 기다리고 있던 것은 탕진한 가산과 3,000파운드에 달하는 빚과 아버지의 죽음이었다. 수감되기 전 결혼한 아내는 핏덩이만 남긴 채 도망가 버린 후였다.

"그때 제가 꿈과 열정만 좇는 바람에 지금도 우리 가족은 고통 속에서 살고 있습니다. 누군가 고고학자가 된다는 건, 주위 사람들에게는 괴로운 일인지도 모릅니다. 꿈이란 거, 어차피 현실에서 살다 운 좋으면 이루게 되는 거 아닌가요?"

얼마 전까지만 해도 고고학자가 꿈이었던 짐이지만, 지금은 그 꿈이 죽도록 미웠다.

토머스 모어 컬렉션으로부터 시작한 모어 가문의 도서관은 집안 어른들과 아버지가 대대로 애지중지했던 것이다. 그러나 이혼

후 당장 끼니를 굶고 있는 외아들 존을 보며 짐 모어가 할 수 있는 건 많지 않았다. 짐은 가문의 보물을 정리하기로 했다. 다 팔면 아들과 먹고살 아담한 농장 하나 정도는 살 수 있을 것이다. 그것이 자신의 실수를 만회할 유일한 수단이자, 그의 새로운 꿈이었다.

짐은 자신의 과거가 깃든 다 닳아빠진 그 책을 계단 아래로 던져 버렸다.

"올해 장서 점검은 여기까지입니다."

권영혜 선생님의 말을 들은 사서 선생님들은 사색이 되고 말았다. 그것은 단지 장서 점검을 중단했기 때문만은 아니었다.

그날도 북한은 미사일을 쏘았고, 정부는 이에 강경 대응 할 거라는 뉴스가 흘러나왔다. 애석하게도 그런 뉴스는 이제 일상이었다.

나는 집으로 가다가 휴대전화를 꺼내어 뉴스 기사 하나를 클릭했다. 북한의 미사일 도발과 같은 궤에 있는 것이었다.

정부는 오늘 오전 긴급 국가안전보장회의(NSC) 직후 가진 브리핑에서 강원도 OO군 OO읍 상용면 느티나무길 일대를 주한미군의 새로운 미사일 기지 부지로 결정했다고 발표했다. 이는 북한의 연이은 미사일 도발과 국가안보 불안에 따른 대응책의 일환으로, 추가로 기지 건설에 필요한 환경 평가와 비용 문제도 빠른 시일 내에 처리하겠다고 약속했다. 이에 해당 지역 주민과 지자체, 주변국의 거센 반발이 예상되는 가운데…….

이 기사가 뭘 뜻하는지는 아직 어른이 되지 않은 나라도 알 수 있었다.

풀잎도서관이 없어져 버리는 것이다.

도서관은 한국전쟁이라는 어려운 시기에 세워져 한 남자를 교수로 만들었고, 한 여자를 사서로 만들었으며, 한 청년을 꿈을 향해 나아가게 했고, 이젠 한 소년에게 그 꿈을 쥐여 주고 있었다. 그보다 백배 천배 많은 이들이 도서관의 덕을 보았다. 여기서 꿈을 위해 그리고 미래를 위해 지식을 얻어 갔다.

아침까지만 해도 신문을 정독하던 할아버지, 뒤늦게 시작한 한글 공부에 재미를 붙이던 할머니, 열심히 미래를 준비하던 형과 누나들이 있었다. 갑자기 그 모습이 눈앞에 아른거렸다.

목이 메었다.

하필 집에 다 왔는데 이게 뭐람.

난 자전거를 내팽개치고 집으로 뛰어 들어갔다. 아버지의 눈을 피해 방으로 들어가고 싶었지만, 그런 작은 바람도 이뤄지지 않았다. 아버지가 두 눈을 동그랗게 뜨고 내 모습을 쳐다보고 있었다.

"왜 이리 일찍 왔나?"

"그렇게 됐어요."

"밥은?"

"……."

내 방으로 들어가려고 하는데 발걸음이 떨어지지 않았다. 그러다 방 앞에 선 채로 울음보가 터지고 말았다. 아버지 앞에서는 울기 싫었는데, 절대로 그러고 싶지 않았는데. 그러나 뒤에서는 평소라면 들렸을 불호령 대신 따스한 목소리가 들려왔다.

"도서관 없어진다 하대."

"어쩔 수 없잖아요. 나라에서 그렇게 한다니."

아버지가 도서관을 없애는 것도 아닌데 나는 아버지에게 투정을 부리고 있었다. 그래도 그 덕분에 나는 아버지와 대화라는 걸 나누고 있었다. 소중한 도서관이 없어지는 덕분에.

"니 앵중에 사서 한다고 하지 않았나?"

"몰라요, 이제 그딴 거."

"도서관 없어진다 캐서 너 그 생각마저 팍 죽은 기가?"

"짐 누 놀리나……."

난 내 방에 들어가 의자에 철퍼덕 앉아 버렸다. 책상에 엎드렸는데 손에 걸리는 게 있었다. 놀랍게도 그것은 사서 직렬 예상 문제집이었다.

"이건 뭐예요?"

"권영혜 선생님한테 뭐 살지 물어봐서 하나 사 왔다."

뜻밖이었다. 아버지 입에서 선생님 이름이 나오다니. 잘못 들은 게 아닌가 하는 착각이 들 정도였다.

"권영혜? 방금 권영혜 선생님이라 한 거래요?"

"그려. 이거 땜시 전화해 봤더이 도서관 얘기 하시데……. 강한 분이긴 하지만 제일 상심이 크실 거여. 느가 잘 위로해 드려라."

"아빠가 울 선생님 어찌 아눈데요?"

"나가 와 모르나 이눔아. 선생님이 예전에 동네 아들 싹 모아 놓고 야학 안 했나. 남새스럽지만 아바이가 일자무식인데 그나마 이름 석 자라도 쓰는 건 다 그 권 선생님 땜인기라. 심지가 똑띠된 냥반이여, 그 냥반이……. 그래서 널 부탁했던 기고."

"부탁? 그럼 내보고 그때 도서관을 가랐던 게?"

나는 눈물을 훔치며 일어나 뒤를 돌아보았다. 거기엔 아버지가 멋쩍은 듯 껄껄 웃고 있었다.

도서관에 가라고 등 떠밀던 그때는 아버지의 넓은 가슴팍이 보였지만 지금은 검고 주름진 얼굴이 보였다. 나는 책상 위에 놓인 문제집과 아버지의 얼굴을 번갈아 보았다.

지금의 나는 그때의 아버지보다 더 무뚝뚝하다. 그래도 왠지 오늘 밤은 아버지와 할 얘기가 많을 것 같았다. 참으로 오랜만에.

* * *

짐 모어가 되기로 결정하는 게 어렵지는 않았다. 나 역시 소중한 게 갑자기 사라져 버리는 느낌을 알기에. 그 뒤 무언가를 지키는 게 얼마나 힘든지 알기에. 그래서 난 그가 현실에 지지 않았음을 증명하고 싶었다. 단지 새로운 꿈이 생겼다고, 꿈의 방향이 달라졌을 뿐이라고 말하고 싶었다. 그의 새로운 꿈을 응원해 주고 싶었다. 나는 윌리엄 녹스와 함께 굳게 닫혀 있던 토머스 모어 컬렉션의 문을 열었다.

"토머스 모어 경께선 생전에 엄청난 양의 책을 읽으셨습니다. 마누치오가 인쇄했던 책들*과, 에라스무스의 책들, 토머스 모어 자신의 책들."

도서관 안내 알바를 하다 보면, 기대하고 왔는데 막상 오니 별거 없다고 말하는 사람들이 있었다. 지금의 윌리엄 녹스는 그때의 사람들과 비슷했다.

아니나 다를까, 방 안을 서성이던 윌리엄 녹스는 책장에 꽂혀 있던 책을 하나 꺼내어 대충 훑어보더니 뒤로 휙 던져 버렸다. 그런 게 몇 개 쌓이자 안은 순식간에 곰팡이가 피고 좀이 슨 책들로

---

* 알도 마누치오와 그의 처가인 토레사니 가문은 인쇄업을 처음 시작한 1495년부터 잠시 문을 닫은 1528년까지 수백여 권의 책을 출판하였다. 여기에는 베르길리우스의 『아이네이스』 같은 그리스-로마 고전부터 최초의 베스트셀러인 페트라르카의 『칸초니에레』, 몽환적인 삽화를 자랑하는 프란체스코 코론나의 『폴리필로의 꿈』 등이 포함되어 있다.

뒤덮였다. 서재를 보며 감탄하던 바깥에서의 모습과는 전혀 다른 사람처럼 보였다.

"갑자기 왜 그러시죠?"

"아무것도 아닙니다. 급하게 이 서재에서 찾을 게 있어서요."

실제로 보고 실망해서 그런지 모르지만, 그 이유를 알아내는 게 어렵진 않았다. 원래부터 윌리엄 녹스가 노리는 것은 따로 있었으니까.

"당신, 그 책을 가지러 온 거죠?"

느닷없는 질문에 윌리엄 녹스의 한쪽 입꼬리가 살짝 올라갔다.

"여기까지 왔는데 숨길 필요 있나요?

"그 책이란 게 정확히 어떤 것이죠? 아, 혹시 최초의 책을 말씀하시는 건가요? 그게 아직 여기 있습니까?"

윌리엄 녹스의 목소리가 낮고 무거워졌다.

"물론이죠……. 그래서 여기 오신 거 아닙니까?"

"오해 말길 바라요, 짐. 제가 오늘 여기 온 것은 최초의 책과는 아무런 상관이 없습니다."

"헤르메티카 사서가 최초의 책을 찾지 않는다고요?"

그러자 윌리엄 녹스가 책을 파헤치던 손길을 멈추고 나를 쳐다보았다.

"헤르메티카라……. 그렇게 불리는 제 선배들은 책으로 책을 둘러치는 획기적인 방법으로 최초의 책이 밖으로 새어 나가는 걸

막았어요. 그래서 베니스에서 이 서재를 통째로 옮겨 왔죠. 그러나 그런 에라스무스도 토머스 모어도 사망하자, RSOB는 이를 두고 고민했어요. 책만 찾아서 따로 보관하느냐, 아니면 책이 이미 어디 있는지 아니까 그대로 두느냐로. 결국 모든 걸 당신네 가문에 맡기기로 했어요. 대신 RSOB는 모어가(家)가 개인 도서관을 유지하는 걸 지원해 주기로 했죠. 섣불리 손을 댔다가 책이 도망가기라도 하면 끔찍해질 테니……. 인쇄의 시대가 되면서 지천에 널린 게 책이니까."

"마음은 알겠지만, 최초의 책은 생각보다 위험해요. 차라리 예전처럼 여기 두시고, 이대로 전부 사 가시는 게……."

"짐, 아까부터 제 말을 이해 못 하고 있군요. 내가 말한 건 300년 전에 그리 생각했다는 겁니다. 지금 이 낡은 개인 도서관에 최초의 책이 있다고 믿는 사서는 아무도 없습니다."

"네? 방금 RSOB는 여태껏 저희 가문을 지원했다고……."

"그건 당신의 훌륭한 조상들 때문이었죠. 책을 당신 가문에 맡긴 이유는 당신네 가문 사람들에게만 자질이 나타났기 때문입니다. 일종의 보험 같은 거였죠. 그런데 지금은 당신네 가문 아무도 그것을 읽지 못한다면서요? 그래서 지원도 끊은 것이고요."

"그럼 지금 당신이 찾고 있는 책은 뭐죠?"

"『유토피아』 초판본. 저 역시 실체가 없는 책 따위는 믿지 않으니까. 한데…… 여기 없는 것 같네요."

윌리엄 녹스는 빼려던 책을 다시 책장에 끼워 넣었다.

"짐, 당신은 포커를 하면 안 될 거 같아요. 안절부절못하는 게 다 보이거든요. 가지고 있던 패도 생각보다 별로고요."

"그게 무슨……."

"아까는 당신이 혹시나 마음을 바꿀까 봐 신중했던 거지만, 이젠 그럴 필요가 없다는 뜻입니다."

"그렇지만 여긴 토머스 모어의 서재입니다. 당신이 존경한다는……."

"존경은 합니다만, 초판본이 없으니 아무리 토머스 모어의 서재라도 여기 있는 건 죄다 쓰레기일 뿐입니다."

"쓰레기라뇨. 『유토피아』 초판본은 없지만, 여기에 최초의 책이 있으면 어쩌려고 그러세요?"

"짐, 아니 제임스 모어 씨. 저는 그런 말에 휘둘릴 정도로 호락호락한 사람이 아닙니다. 설령 최초의 책이라 불리는 게 있다 해도 당신들 빼고 아무도 읽을 수 없는데, 그런 책이 과연 가치가 있을까요?"

윌리엄 녹스의 말에 나는 아무 대꾸도 할 수 없었다. 잠시 침묵이 흘렀다. 방 안의 오감을 자극하는 것은 언제부터 내리는지 알 수 없는 빗소리뿐이었다. 빗소리는 점점 거세졌다. 그리고 그 속에서 무언가의 목소리가 들리고 있었다.

"그래서 얼마에 사실 겁니까?"

"토머스 모어 컬렉션만 쳐서 1,000파운드."

"그건 너무 적어요."

"보존 상태가 너무 안 좋아서 원래부터 『유토피아』 초판본 말고는 별로 기대하지 않았습니다. 한데 그것마저 없으니 이 정도가 박물관과 RSOB에서 할 수 있는 최선입니다. 유종의 미라는 게 있으니까요."

"……만일 제가 최초의 책을 갖다 드리면 어떻게 되나요?"

"최초의 책을요?"

"제가 그 책이 어디 있는지 압니다."

"그럼 그 천 배인 100만 파운드*를 드리지요."

나는 윌리엄 녹스가 제시한 가격을 듣자마자 재빨리 움직였다. 그런다고 책을 어디에 뒀는지 알 수는 없었다. 단지 오감을 발휘해서 빗속에서 책이 속삭이는 소리를 들어야만 했다.

서재에 남아 있던 책들이 마저 바닥으로 고꾸라졌다. 내 거친 손길에 책들이 밖에 내리는 비처럼 쏟아져 내렸다. 윌리엄 녹스가 이를 말리려다 어찌 하나 두고 보려는 듯 그만두었다.

나는 책의 목소리를 들으려고 그곳을 헤집고 다녔다. 그러다 서재의 가장 끝, 방의 가장 구석진 곳에서 그것을 찾았다. 풀잎도

---

* 빅토리아시대의 1,000파운드는 현재 가치로 한화 약 1억 4000만 원인데, 당시 중산층의 연 소득이 500~1,000파운드 정도였다고 한다. 100만 파운드는 1,400억 원. 참고로 코난 도일의 『네 개의 서명』에서 아그라의 보물이 50만 파운드 이상의 가치를 지녔다고 나온다.

서관에서 그랬듯 그것은 나를 부르고 있었다.

"여기 최초의 책이 들어 있어요."

내가 흙으로 빚어진 정육면체를 들이밀자 윌리엄 녹스는 자신을 놀린다고 생각했는지 미간을 찌푸렸다. 그런데도 내 태도에 변함이 없자 못 이기는 척 상자를 들어 여기저기 둘러보았다.

"거짓말 마시오."

윌리엄 녹스가 회의적으로 말했다.

"여기에 책을 넣으려면 상자를 열었거나 뚜껑이 있는 흔적이 있어야 하는데 아무리 살펴봐도 보이지 않소."

윌리엄 녹스는 내게서 상자를 빼앗아 흔들어 보기까지 했다. 달그락달그락. 뭔가 들어 있는 건 틀림없어 보였다.

"뭐가 안에 있는 것 같은데, 진흙 상자에 돌덩이 넣고 봉해 버린 걸 수도 있으니."

"당신이 원하는 걸 꺼내어 보여 줄게요."

나는 짐의 열정을 따르고 있었다. 단지 그에게 개입했기 때문만은 아니었다. 다른 사람의 삶을 사는 것은 그 사람의 기억까지 공유하는 것이다. 짐의 머릿속엔 오직 세 살배기 어린 아들 존밖에 없었다. 그 모습이 하도 짠해 견딜 수 없었다. 존보다 덩치는 크지만 아버지도 홀로 나를 떠안았을 때 이런 기분이었겠지.

"이게 분명 됐는데……."

처음에 지켜만 보던 윌리엄 녹스는 내가 여덟 번째 실패하고 아홉 번째 시도를 하려 하자, 내 손목을 움켜잡았다.

"그만. 이런 식으로 물건에 흠집을 내면 받을 돈이 더 줄어들 거요."

나는 멋쩍은지 허탈한지 모르는 표정으로 입술을 깨물었다.

"1,500파운드를 드리겠소. 토머스 모어 컬렉션뿐만 아니라 이 도서관 전부를 가져가는 조건으로 말이오."

"안 됩니다."

큰돈이지만 빚을 갚고 나면 하나도 남는 게 없었다.

"100만."

"제임스! 고집부리지 마요."

"고집이라뇨! 이 상자 안에 든 게 최초의 책입니다. 알렉산드리아의 금단의 지식이 들어 있어요. 당신들이 그렇게 애지중지하던 그 책이라고요."

나는 이제 떼를 쓰고 있었다.

"당신이 유물을 위조하여 옥살이했다는 걸 알고 있소. 독일에서는 집시들이 만든 가짜 토기를 로마 시대 토기라 속여 팔고, 프랑스 루브르에서는 양피지 두루마리를 위조하여 기원전 3세기의 히브리 성서로 속였죠? 차라리 그때처럼 책 같은 걸 가져다가 책이라고 말하세요."

"이게 책이 맞다니까요."

"여기까지요. 1,500이라도 받든가 여기서 끝내든가."

아니다. 윌리엄 녹스는 오해하고 있었다. 상자 안에는 틀림없이 최초의 책이 들어 있었다. 책은 주위에 다른 책이 있는 경우 그 책으로 모습을 바꿀 수 있고, 이를 막기 위해 암미소나소로 상자를 만들어 책을 가두었고, 그 후 책은 그곳을 빠져나오지 못했다. 그것은 모어 가문 사람만이 알고 있는, 짐이 나에게만 알려 준 비밀이었다.

빨리 책을 꺼내야 하는데, 내게는 자질이 있어서 상자 안의 물건을 만지고 꺼내어 볼 수 있는데, 그리 어려운 일도 아니었는데……. 왜, 안 되는 거지? 왜, 이제 와서 거부하는 거냐고!

"잠시…… 잠시만 기다려요. 연장이 좀 필요할 거 같아요. 오늘 안으로 반드시 꺼낼 테니, 여기 그대로 있어요."

나는 상자를 들고 서둘러 계단을 뛰어 내려갔다. 너무 급하게 내려가는 바람에 넘어질 뻔했다. 상자를 부숴서라도 내용물을 윌리엄 녹스에게 보여 줄 생각이었다. 짐은 이른바 블랙리스트여서 이대로 윌리엄 녹스가 가짜라고 보고해 버리면 그걸로 끝이었다. 시간이 없었다.

현관문을 열자, 밖에는 앞이 보이지 않을 정도로 많은 비가 내리고 있었다.

한 발자국 디뎠을 때 본능은 멈추라고 했지만, 이성은 내 몸을 냉기의 칼날이 내리는 곳으로 끌고 가 버렸다. 녹기 직전의 비인지, 얼기 직전의 비인지 얼음 화살이 온몸 구석구석에 박히는 기분이었다. 그러나 상자를 열어야 했다.

기침이 걷잡을 수 없이 온몸에서 터져 나왔다. 나는 얼마 못 가 질척질척한 들판에 쓰러지고 말았다.

다시, 풀잎도서관, 1953년

다시 돌아온 걸까?

눈을 떠 보니 나는 낯선 백인 남자의 몸을 하고 있었다. 왠지 기분이 묘했다.

처음부터 개입되어 있는 건 이상한 일이었다. 장단점이 있었다. 좋은 점은 처음부터 어떤 일이든 주도적으로 할 수 있다는 것이고, 안 좋은 점은 처음부터 뭘 해야 할지 알 수 없다는 것이다.

자리에서 일어나 커튼을 젖히자, 맑게 갠 하늘이 보였다. 밝은 햇살과 더불어 이 남자에 대한 정보가 머릿속을 흠뻑 채웠다. 남자의 이름은 데이비드 모어. 존 모어의 아들이자 짐 모어의 손자, 현재는 영국군 관측부대의 대대장.

그러나 데이비드 모어의 기억은 그보다 많은 걸 말해 주었다.

기억 속에서 나는 포츠머스의 부둣가를 걷고 있었다. 멀리 떠나기 전 아버지라 부르던 사람이 잠깐 들르라고 했기 때문이다. 하얀색 페인트로 대충 칠한 집이라고 했다.

증조할머니가 모어가의 도서관을 다시 찾아갔을 때, 토머스 모어 컬렉션을 포함한 모든 책이 어디론가 사라진 뒤였다고 한다. 그 상태에서 모어 가족들이 할 수 있는 것은 야반도주뿐이었고, 그 뒤 정착한 곳이 이곳 항구도시 포츠머스였다.

우여곡절 끝에 성년이 된 존 모어는 부두 노동자로 일하며 하루하루 연명하는 삶을 살았다. 가난은 대물림되었지만, 존은 외로웠던 자신과 달리 일찍 결혼하여 아들만 셋을 낳았다. 그중 첫째와 둘째 아들은 이미 숨을 거두었는데, 많은 젊은이들이 세계대전에 나가 목숨을 잃을 동안 그들의 목숨을 앗아 간 것은 굶주림과 결핵이었다.

나 데이비드는 존의 막내아들로 굶주림이 싫어서 두 번째 세계대전부터는 전쟁에 참여하고 있었다. 군대에서는 적어도 의식주가 보장되기 때문이다.

"아버지가 기다리고 계신다."

어머니의 말대로 아버지 존은 창가 옆 흔들의자에 앉아 있었다. 영락없이 한 손엔 싸구려 위스키병이 들려 있고, 그런 그의 무릎을 커튼 틈으로 비치는 햇빛이 동그랗게 데우고 있었다.

"저 왔어요."

그러나 아무 응답도 받지 못한 채, 나는 한동안 아버지 옆에 앉아 있어야만 했다. 그런 내게 아버지를 데우던 햇볕은 따스함을 나눠 주었다. 잠시 후 아버지는 위스키로 마른 입술을 축이고는 말을 이었다.

"또 떠난다고?"

"네."

"이번엔 어디냐?"

"한국이요."

"한국?"

"이제 막 민주주의의 걸음마를 뗀 아시아의 작은 나라예요. 그 나라를 지키려고 영국, 미국은 물론이고 영연방 국가들, 나치의 손아귀에서 막 벗어난 자유 프랑스와 유럽의 국가들, 그 유럽의 국가로부터 독립을 쟁취한 남미, 동남아시아, 아프리카의 국가들이 모두 나섰어요. 인류 역사상 이토록 다양한 대륙의 다양한 국가들이 한편이 되어 싸운 적은 없을걸요."

"나치랑 싸우는 것만큼 가치 있는 일 같으냐?"

"네. 충분히."

"알았다."

아버지는 병에 남은 위스키를 모두 들이켰다.

"무언가 잊기 위해선 그게 가장 좋은 방법일 수도 있지."

술을 다 마신 아버지는 비틀거리며 자리에서 일어나, 뭔가를 꺼내 왔다. 다기를 담은 짙은 적갈색 상자였는데 그리 값어치가 있어 보이진 않았다.

"저번에 주려고 했는데……. 오늘 가져가라. 네 할아버지의 유일한 유품이야. 이래 봬도 빅토리아시대에 만든 거다."

뚜껑을 열자 상자 안에는 봄꽃이 수놓아진 찻주전자와 같은 문양의 찻잔 두 개와 티스푼, 함석으로 된 홍차 통 하나가 들어 있었다. 아버지가 평소 뭔가를 주는 사람이 아닌데, 갑자기 준다기에 나는 영문도 모른 채 그것을 품에 안았다.

"잘 쓸게요."

"……."

아버지는 아무 말 없이 다시 흔들의자에 앉았다. 다시 내게 무슨 말을 할까 기다렸지만 끝내 아무 말도 하지 않아 자리에서 일어나야만 했다. 오히려 감정에 북받친 건 어머니였다. 하나뿐인 아들이 다시 사지(死地)로 향한다니 눈물이 앞설 수밖에 없었다. 그런 어머니에게 이번에는 장교로 입대하는 것이니 걱정하지 말라며 위로했다.

작별 인사에도 아버지는 이미 비어 버린 술병을 입술에 갖다 대는 것 외에는 미동도 하지 않았다. 창밖의 뭔가를 초점 없는 눈으로 응시하고 있었다.

한국에 온 지 사흘째 되던 날 아버지의 부고를 들었다.

떠나기 전 본인이 물려받은 물건을 내게 남긴 것은 이미 자신의 운명을 알고 있었기 때문이라는 생각이 들었다. 아버지의 유품을 정리해야 한다는 어머니의 말에 이제 곧 돌아갈 테니 그때 같이하자고 답장했다. 전선을 한반도의 최북단인 압록강까지 밀었으니 전쟁이 조만간 끝날 거라고 확신했다.

그러나 그러고도 겨울을 세 번이나 보낼 줄은 꿈에도 생각하지 못했다. 이 작은 시골 마을에 붙어 있을 줄은 더더욱. 벽에 걸린 1953년 달력도 앞에 몇 장은 찢겨 있었다.

나의 임무는 별도의 명령이 있을 때까지 '두송'이라는 작은 산골 마을에 주둔하며 적의 동향을 살피는 것이었다.

그러나 인민군은 다른 곳으로 우회했고, 그 뒤 추가 명령이 오지 않아 나는 이곳에 머물러야만 했다. 사령부에 문의해도 돌아오는 것은 '일단 대기'하라는 대답뿐이라 다시 물어보는 일도 하지 않고 있었다. 단언컨대 전선이 밀고 밀리는 동안, 공격 측과 수비 측 모두 이 작은 마을을 잊은 모양이었다. 하나 위안이 되는 것이라면 두송이 참 아름다운 마을이라는 점이었다.

풀잎도서관이 있던 시대에는 상용이라는 이름으로 바뀌었지만, 그때에도 나이 지긋한 마을 어른들은 두송이라 불렀다. 이름대로 머리 두(頭)에 소나무 송(松) 자를 쓴, 나무 내음이 물씬 풍기는 마을이었다. 그 마을, 고향이라 부를 만한 곳으로 나는 돌아왔다. 비록 온전한 모습은 아닐지언정.

이 책의 끝은 어디일까? 책을 읽는 게 이토록 힘든 일일까? 공간과 시간이 딱 들어맞는 완전한 모습이 되기 위해서는 어찌해야 하는 걸까? 일이 이쯤 되니 체력적으로나 정신적으로 지쳐만 갔다. 나답지 못한 날들은 나를 점점 나약하게 만들어 갔다.

안을 보기 싫어 밖으로 눈을 돌렸다. 창문 틈으로 서늘한 기가 느껴졌다. 날짜상으로는 봄이라지만 이곳은 고지대였다.

저 멀리서 농부들이 허리를 굽히고 밭이랑에 씨를 뿌리고 있었다. 다들 삼베옷만 입고 있어 왜 백의민족이라 불리는지 알 것 같았다. 농부들은 소가 없는 대신 스스로 소가 되어 일하고 있었다. 먹고살기 위한 전쟁을 하고 있었다.

두메산골이라 전쟁통에도 피란을 간 이는 많지 않았다. 나와 나의 전우들은 철수하라는 명령이 없는 한, 전쟁이 끝날 때까지 이 마을을 지킬 생각이었다. 내심 마을 사람들이 피란 가는 일이 없기를 바랐다.

면사무소 2층 사무실에 걸린 벽시계는 아홉 시를 가리키고 있었다. 면사무소는 임시 대대본부로 사용되고 있었다. 일제강점기에 지어진, 근처에서 보기 드문 철근콘크리트 건물이라 들었다. 본부 건물로 사용되는 건 그런 이유 때문일 것이다.

갑자기 여유가 생겨 무얼 할까 하다가 책상 위에 꽂혀 있는 책들을 둘러보았다. 눈에 띈 것은 헤르만 헤세의 『데미안』이었다. 얼마 전까지 영국과 싸우던 나라의 작가가 쓴 책이었다.

> 새는 알에서 나오려고 투쟁한다. 알은 세계이다. 태어나려는 자는 하나의 세계를 깨뜨려야 한다. 새는 신에게로 날아간다. 신의 이름은 아프락사스다.*

나는 지금까지 알 속에 머물러 있었는지도 모른다. 알을 깨고 나갈 용기가 없던 게 아니라 단지 알 속의 세계만이 내게는 전부였다. 무지(無知)는 무의지(無意志)만큼 죄가 되지 않았다. 무지에게는 더 나아질 가능성이 있기 때문이다. 그 막연한 안심으로 나는 주어진 미래를 시험하려 하지 않았다. 그 책을 만나기 전까지 말이다.

최초의 책은 그런 안일한 내게 벌을 주기 위해 자신의 품속에 나를 가두어 버렸다. 세상에서 가장 오래된 책을 찾는, 가장 비밀스럽고 가장 오래된 사서들의 여정에 초대된 것이다. 내가 사서인지 아닌지는 상관없이 책은 내게 알을 깨고 나와 신을 향해 날아가라고 요구했다. 설령 그 신의 이름이 아프락사스가 아닐지라도.

갑자기 인기척이 났다. 고개를 들자 미닫이문 뒤로 사람의 그

* 민음사 세계문학전집 『데미안』 123쪽 인용.

림자가 보였다. 풀잎도서관의 마지막을 지키고 서 있던 그 낡은 문은 지금 니스 칠을 한 지 얼마 되지 않아 반짝반짝 윤이 나고 있었다.

나는 책을 덮고 일어나 문 쪽으로 향했다. 주저 없이 문을 열어젖히자, 문 뒤에는 앳된 얼굴의 소녀가 서 있었다.

"아이, 놀래라. 뭘 그리 벌컥 여세요?"

"아……. 미안."

갑자기 내게 다가온, 새하얀 저고리와 검정 치마를 입은 이 단발머리 소녀를 소녀라 부를지 숙녀라 부를지 망설여졌다. 뭘 훔쳐 먹다 들킨 듯 어리둥절한 채 서 있는 나를 보며 소녀가 까르르 웃었다. 화사한 그 얼굴을 보자 나도 모르게 미소가 지어졌다. 그것은 그때와 같았다.

"여긴 무슨 일이지, 레이디?"

"무슨 일이긴요? 티타임이라 차 끓여 드리려고 온 거죠. 그리고 레이디라니……. 그냥 평소대로 '미스 권'이라 불러요."

미스 권? 아무리 뭐라 부를지 생각이 안 나도 그렇지 아직 소녀티도 벗지 못한 여학생을 '미스'라 불렀다는 건가?

"금방 차 준비할게요."

그렇게 말한 소녀가 안으로 들어올 때, 나는 소녀를 붙잡고 잠시 그 고운 얼굴을 바라보았다. 단순히 어디서 본 듯한 느낌이 들어서만은 아니었다. 그러자 소녀의 얼굴이 봉숭아물처럼 붉게 물들었다.

권영혜.

내겐 특별한 사람.

반가운 마음에 눈물이 터지려고 했다.

"왜 이러세요, 소령님?"

영혜가 날 밀치며 말했다.

"아…… 아니. 아무것도……. 그럼 차를 부탁해도 될까, 영혜?"

'미스 권' 대신 서툰 발음으로 이름을 부르는 바람에 영혜가 다시 웃었다.

사무실 안으로 들어온 영혜는 한두 번이 아닌 듯한 솜씨로 차를 끓일 준비를 했다. 이런 두메산골에서 차를 찾는 걸 보며 역시 영국인이란 생각이 들었다. 그사이 봄꽃이 수놓아진 찻주전자는 난로 위로 올라갔고 읽고 있던 『데미안』 위로는 군용 머그잔이 놓였다.

물이 끓자 영혜는 차를 우리기 위해 책상 앞에 있는 캐비닛을 열었다. 그 안에는 아버지가 준 빅토리아풍 다기 상자에 차들이 어지럽게 쑤셔 넣어진 상태였다. 처음에는 하나였지만 지금은 티백으로 된 것, 찻잎으로 담겨 있는 것, 내가 산 것, 누구한테 받은 것, 군에서 보급된 것 들로 불어나 있었다. 그중 영혜는 제일 안쪽에 있던 홍차 통을 꺼내 들며 말했다.

"오늘은 이거로 하죠. 자리를 제일 많이 차지해서 빨리 먹어 없애야 해요."

영혜의 말대로 캐비닛 밖에는 아직 뜯지도 않은 티백 상자가 잔뜩 쌓여 있었다. 명령을 성실히 수행한 보급관 덕분이었다.

"그건 버려야겠다."

"왜요?"

"여기 오기 전에 아버지가 넣어 준 건데 너무 오래됐어. 솔직히 언제 산 건지도 알 수 없는 차야. 티백도 아니라 오래돼서 못 먹어."

"그럼 이거 저 가져도 돼요?"

"차 끓여 먹게?"

"아뇨. 이 통만요."

영혜는 토르나비아젱(Torna Viagem) 상표가 붙은 함석 통을 가리키며 말했다.

"수저통으로 쓸 거예요."

"그래. 그렇게 해."

내가 허락하자 영혜는 고작 홍차 통 하나에 뛸 듯이 기뻐했다. 그러더니 다시 캐비닛을 뒤져 군에서 보급된 티백을 몇 개 꺼내어 찻주전자 안에 넣었다. 그러자 두송 면사무소 2층은 금세 홍차 향으로 그윽해졌다.

"영혜도 들어."

"저도요?"

"혼자 마시는 건 쓸쓸하거든."

"이런 귀한 걸……. 그럼 사양하지 않겠습니다."

영혜는 자신의 잔에 난로 위에 있던 찻주전자를 기울여 차를 따랐다. 사실 홍차는 귀족들이 우아하게 즐기는 것이라기보다 남녀노소 누구나 마실 수 있는 음료였다. 커피처럼 원두를 로스팅하고 분쇄할 필요 없이 그냥 찻잎 넣고 물 부어서 우려먹으면 되니까. 그런데도 영혜는 무슨 귀한 술을 받아먹는 것처럼 두 손에 들고 호호 불기만 했다.

"그러다 차 식겠다."

그제야 영혜는 찻잔을 입술에 갖다 대더니, 한입 가득 차를 머금은 채 말했다.

"음…… 향이 좋은데요?"

"마들렌이 있다면 더 좋을 텐데."

"마들렌이요?"

아차, 지금은 풀잎도서관이 있는 세계가 아니었지. 같은 장소이다 보니 시간을 착각하고 말았다. 좀 더 정신 차려야겠다는 생각이 들었다.

"그런 게 있어. 차와 어울리는 다과야. 나중에 같이 먹을 기회가 있겠지."

"그렇군요. 마들렌이라. 기억하고 있다가 나중에 저도 한번 먹어 봐야겠어요. 그 전에 전쟁이 빨리 끝나야 할 텐데……."

영혜가 말끝을 흐리자 나는 고개를 끄덕였다. 전쟁이건 뭐건 나 역시 빨리 끝났으면 좋겠다고 생각했다. 문제는 그렇게 차를 다 마시고 나니, 정작 할 게 없어져 버렸다는 거였다.

대화가 툭툭 끊기는 느낌이 드는 건 영혜의 영어 실력 때문이 아니었다. 영혜는 그때나 지금이나 괜찮은 회화 실력을 가지고 있었고, 그것은 보는 사람을 기분 좋게 하는 웃음과 더불어 영혜의 트레이드마크였다. 그런데도 이런 느낌이 드는 건 둘이 말하는 주제가 자꾸 어긋나기 때문이었다. 내가 피란 갈 생각이 있냐고 묻자 영혜는 농사일에 관해 얘기했고, 내가 전쟁에 관해 얘기하자 영혜는 학교에 가고 싶다는 말을 했다. 그렇게 어긋나면서 영혜는 별말 없이 웃기만 했고, 그 빈도가 늘어만 갔다. 결국 나는 내가 영혜에게 가장 묻고 싶은 것을 물어보기로 했다.

"우리 이제 뭐 하지?"

"어? 잊고 계셨어요?"

그러자 영혜의 얼굴이 꽃처럼 활짝 펴졌다.

"뭘?"

"오늘부터 도서관 열기로 했잖아요. 기억 안 나세요?"

아, 그렇게 얘기되어 있었군. 나는 이에 대해 좀 더 물어보려 했지만, 그것에 대한 답은 방금 말문이 터진 소녀 덕분에 바로 알 수 있었다.

"군인 아저씨들이 공사하다가 땅에 묻혀 있던 책을 잔뜩 파냈는데, 버리려고 했더니 소령님께서 그러지 말라고 하셨잖아요. 이거 다 쓸 데가 있다면서요."

"그랬구나. 그럼 그 책들은 지금 어디에 있지?"

"바로 옆방. 아니 도서관에 있어요. 같이 가요, 데이비드."

나는 소령님 대신 '데이비드'라 부르는 영혜를 따라 옆방이라 불리는 칸막이 너머로 향했다. 무전기가 울리는지도 모른 채.

"저번에 말씀하신 거 다 해 놓았어요."

영혜는 방에 들어서며 자랑스러운 듯 말했다. 우리가 들어간 옆방은 원래 사무실 기자재나 낡은 문서를 보관하던 곳이지만 지금은 몇 권의 책들이 그럭저럭 쌓여 있었다. 그럭저럭이 의미하는 것은 수십에서 수백의 사이란 뜻이다.

나는 잠시 숨을 죽이며 영혜가 만든 책의 숲속을 거닐었다. 전쟁이 모든 것을 앗아 간 것은 아닌 것 같아 다행이라고 생각했다. 육신의 허기를 채워 줄 곡식을 얻기 위해 씨를 뿌리듯, 언젠가 이 방에 심어진 지식의 묘목들이 누군가의 정신의 허기를 채워 줄 것이다. 지금은 군수품 상자를 쪼개어 만든 볼품없는 책장 위에 놓여 있지만 내겐 그것이 눈에 보였다.

"전부 일본 책이네?"

"아무래도 해방 전에 들여온 것이 많으니까요. 어른들 말로는 여기 면사무소장이 엄청난 친일파라서 문화통치란 걸 문자 그대로 받아들였대요."

"문화통치?"

"일제가 삼일운동 이후에 무력으로는 조선인을 다스릴 수 없다며 만든 정책이긴 한데, 사실 따져 보면 뼛속까지 일본인으로 만들 거라는 거예요. 제 생각엔 아무래도 면사무소장이 일본말을 잘 이해하지 못해서 그랬던 거 같아요."

재미있는 일이었다. 책을 보기조차 힘든 시기에, 이런 산골에서 아리스토텔레스나 칸트의 책을 볼 수 있는 이유가 민족을 계몽하여 독립을 쟁취하겠다는 생각이나 민족에 대한 죄책감의 반대급부가 아닌 단지 총독부의 명령을 충실히 수행하기 위해서였다니. 땅속에서 많은 책과 서류가 나온 것도 해방을 맞이하여 파기할 시간도 없이 급히 도망간 탓이리라. 한데 그것이 새로 시작할 밑천이 될 줄은 누구도 생각지 못했을 것이다.

"그래도 찾아보면 한글로 된 책도 몇 권 있어요."

"여기 분류는 영혜가 한 거야?"

"네. 그렇긴 한데……. 알려 주신 듀 무슨 분류법은 맞지 않아서 제 의도대로 했지만요."

듀이 분류법. 배운 게 도둑질이라고 도서관에서 일했던 경험을 바탕으로 영혜에게 책 정리하는 법을 알려 주었다. 기왕 하는 거 제대로 하고 싶은 욕심이 있었다.

"아바이가 이런 밥도 못 먹는 일 왜 하냐고 그랬어요. 그래서 밥보다 더 중요한 일이라고 했죠."

그렇게 말하는 영혜에게 나는 엄지손가락을 세워 보였다. 사실 영혜의 분류는 더할 나위 없었다. 단지 개념 정도만 알려 준 것 같은데 결과는 기대 이상이었다.

"영혜에게 자질이 있는 거 같네."

"자질이요?"

"응. '훌륭한 사서가 될 자질' 말이야."

영혜는 그 말에 감동했는지 잠시 아무 말도 하지 않았다. 이제 막 싹을 틔웠다. 이것이 자라 열매를 맺고, 먼 훗날 풀잎도서관이 될 터였다. 희귀본을 많이 보유한, 전국에서 많은 사람이 책을 보러 찾아오는, TV에도 나오는 그런 대단한 도서관 말이다. 그리고 그 도서관 앞에, 나의 작은 칭찬에도 기뻐하는 한 소녀가 서 있다. 앞으로 그녀의 전부가 될 도서관. 그리고 누군가에게도.

나는 책장에서 조금 멀찍이 떨어졌다. 가지런히 정돈된 책들을 한눈에 보기 위해서였다. 이를 보고 있자니 마음이 편안해졌다.

영혜에게 책을 한글순으로 정리한 것인지, 알파벳순으로 정리한 것인지, 그도 아니라면 일본어 가나순으로 정리한 것인지 물으려 할 때 누군가 문을 거칠게 열어젖혔다. 군복을 입은 사내였다.

"대대장님! 관측병이 왜 무전을 받지 않느냐고 난리입니다!"

"왜? 무슨 일 때문에 그러지?"

“중공군*이 곧 이곳을 포격한답니다!”

왜 신은 인간에게 지식욕을 주었으면서 정복욕도 같이 준 것일까? 그 상반된 특성이 공존하는 바람에 인간은 예측할 수 없는 동물이 되고 말았다. 이제까지 파괴된 지식이 없었다면, 크게는 알렉산드리아 도서관에서 작게는 토머스 모어 컬렉션까지. 모두 아직까지 귀하게 다뤄졌다면 인류의 삶은 좀 더 나은 방향으로 발전하지 않았을까?

사무실로 달려가 무전을 받았다. 그 내용을 바탕으로 다시 사령부에 관측 내용을 보고하자, 무전기가 배곯은 아이처럼 쉴 새 없이 울어 댔다. 포격 예상 시간과 예상 위치, 이에 대한 아군의 대응이 촌각으로 바뀌고 있었다. 이에 드는 생각은 단 하나뿐이었다.

어떻게든 민간인의 피해를 최대한 줄여야 해.

나는 휘하 장병들을 불러 모았다. 별거 아니겠지 하며 미적거리는 이도 있었지만, 평소와 다르다는 걸 눈치챘는지 오래 걸리지는 않았다.

“적이 곧 이곳을 포격한다니 서둘러 떠날 준비를 해야 한다.”

---

* 한국전쟁의 중후반기(1951~1953)는 주로 중공군(중국인민지원군)과 한국·UN군의 대결이었다. 소모뿐인 공방이 지속되자 미중 양측은 휴전협정을 추진하였으며, 중공군은 협상에서 유리한 고지를 점령하기 위해 1953년 봄부터 대대적인 공세로 전환했다.

담담하게 말했지만 이를 듣고 놀란 병사가 한둘이 아니었다.

"군은 가장 마지막에 빠져나간다."

민간인을 먼저 대피시키라는 원칙은 그 어디에도 없었지만, 나의 명령에 이견을 내는 이는 단 한 명도 없었다.

"그럼 각자 이동 준비를 하고 명령을 내릴 때까지 대기할 것. 이상."

병사들이 우루루 흩어지자, 영혜만이 내 앞에 서 있었다. 소녀의 얼굴에 불안이 드리워져 있어 나는 평소처럼 행동하려 애썼다.

"일부러 미소 짓지 마세요."

"왜?"

"다 티 나니까."

그게 오히려 역효과였는지 영혜가 뾰로통한 얼굴을 했다. 그 바람에 나는 크게 웃고 말았다.

"영혜. 다시 네가 해 줘야 할 게 생겼어. 마을로 가서 어른들께 지금 당장 마을을 빠져나가야 한다고 전해 주겠니? 내가 그랬다고 하면 어른들도 뭐라 하시지 않을 거다."

"아까 봄(bomb) 어쩌고 하는 거 같던데……. 그럼 도서관은요? 도서관은 어떻게 되는 거죠?"

영혜가 되물었지만, 지금은 이에 답할 수 없었다.

"그건 나중에 얘기할까?"

내 대답에 영혜의 얼굴이 어두워졌다. 나는 병사들에게 마저 전달 사항을 말한 다음 금방이라도 울음이 터질 것 같은 얼굴을 하고 있는 영혜에게 다가갔다.

"나도 알아. 영혜가 창고 수준에 불과한 곳을 도서관이라고 불릴 정도로 만들기 위해 얼마나 노력했는지. 단지 내 게으른 주문이었는데도 영혜는 성실히 그리고 누구보다 멋지게 수행했어. 그 누구도 영혜만큼 하지 못했을 거야. 그런 의미에서 영혜는 타고난 사서야."

나는 허리를 굽혀 영혜의 등을 가볍게 두들겨 주었다.

"그래도 지금은 빨리 마을 사람들에게 가서 이 사실을 알려야 해. 이것도 영혜만이 할 수 있는 일이야. 도서관은 내가 어떻게 해 볼 테니까……. 알았지?"

"정말이죠?"

영혜의 불안 섞인 물음에 나는 고개를 끄덕였다.

나는 또 다른 시간과 싸우고 있었다. 내 밖의 시간은 촉박하게 흐르고 있었지만 내 안의 시간은 느리고 무겁게 흐르고 있었다. 자칫 그 육중함에 질식할 것 같았다.

모두에게 명령을 내리자 잠깐의 고요가 펼쳐졌다. 폭풍 전야 속에서 나는 애꿎은 통신 장비만 만지작거리고 있었다. 사실 대피 준비를 시킨 것은 정식명령이 아니었다. 하지만 사령부에 대피 의사를 전달했고, 이에 대한 정식명령 하달을 기다리고 있었다. 아직 답을 받지 못했지만, 답이 오지 않더라도 지휘관의 재량으로 후퇴시킬 생각이었다. 설령 그것이 명령 불복종으로 처벌받는 일이라 할지라도 말이다.

드르륵 하고 미닫이문이 신경질적으로 열렸다. 문이 열리자 삼베를 입은 남자 하나가 달려오더니 다짜고짜 내 멱살을 잡아 일으켰다. 소녀 하나가 쏜살같이 달려와 남자를 제지했지만 아랑곳하지 않았다.

"어이 영국 양반, 참말이오? 우리더러 다 떠나라 캤다믄서?"

"아이고, 아바이! 참말이래요. 공산군이 곧 여기로 밀어닥칠 거래요."

"이 가시내가 코쟁이랑 놀더니 아주 코쟁이 물이 들었네? 우리 쫓가내고 즈들 기지로 쓸 거 모를 주 알고?"

영혜에게 어찌 된 영문인지 묻자, 몇 시간 내로 마을을 버리고 떠나야 한다는 자신의 말에 아버지가 확인차 온 거라고 했다.

"마을 어른들한테는 제대로 전달했어?"

"전달했어요. 그런데도 다들 믿지 않으셔서……."

영혜는 허풍선이 취급을 받은 모양이었다. 소녀가 어른들을 설득할 수 있으리라 생각한 것은 나의 착오였다. 게다가 다른 일도 아니고 삶의 터전을 버리는 일이다.

영혜에게 아버지를 좀 진정시켜 달라고 했다. 영혜의 아버지가 멱살잡이를 풀자 내가 직접 나서서 이야기했다. 마을에 있던 기간이 짧지 않은 탓에 간단한 의사소통 정도는 할 수 있었다.

"중공군. 온다. 포 쏜다. 여기. 다 죽는다. 도망. 빨리빨리."

"뭐라는 기래?"

"중공군이 포 쏠 거라 빨리 안 떠나면 다 죽는 기래요."

"참말이여? 참말로 참말인 거여? 니 거짓이믄 가만 안 둔데이."

"아바이, 내가 거짓말하는 거 봤소!"

영혜 아버지는 진지한 얼굴의 나와 악을 쓰는 영혜의 얼굴을 번갈아 보더니 그때야 이것이 보통 상황이 아님을 파악한 것 같았다.

"일 났네……. 참말인가 보네. 감재랑 옥시기랑 심으려고 각쟁이로 다 갈아 났구만."

"그깟 감재랑 옥시기가 뭔 대수라고! 일단 먼저 살아야지 않겠소?"

영혜의 말에 아버지도 고개를 끄덕였다.

"앵중이라도 거짓뿌래이인 거 들통나믄 내 다리몽댕이 칵 분질러 버릴 기다."

"어서 아재랑 아주머이들한테 알려 주기나 하소."

"알긋다. 거, 실례가 많았수다."

영혜 아버지는 내 쪽을 보며 고개를 숙이더니 서둘러 밖으로 나갔다. 이번에도 미닫이문은 부서질 듯 닫혔다.

"이걸로 마을 사람들도 움직일 테니 걱정 마셔요. 신경 쓰게 해

드려 죄송합니다. 아바이가 두 눈으로 확인하지 않으면 못 믿겠다고 하셔서……."

사과하는 영혜에게 대답 대신 고개만 살짝 끄덕였다. 3년의 전쟁 동안 피란이 처음인 사람들이다. 전쟁이 그들의 삶을 직접 위협하는 일이 없었으니까.

영혜를 돌려보내자마자 모스부호가 수신되었다. 평상시에는 통신 장비로 직접 통화를 했는데, 적이 가까이 왔다는 사실에 도청이 염려되어 이번엔 모스부호 송신기를 이용한 것이었다. 이에 사령부에서도 모스부호로 응답해 주었다.

-.-. --- .--. -.-- .-.. . .- ...- . .-- .. - ....
.. -. ..--- .... --- ..- .-. ...

생각보다 사태가 안 좋게 돌아가고 있었다.

병사들을 일일이 찾아다니며 생존에 필요한 물품과 탄약만 챙기게 했다. 물론 이 마을에 있던 짧지 않은 시간 동안 자신에게 딱 필요한 물품만 가진 병사는 아무도 없었다. 매일 마을 뒷산에 올라가 굴러다니는 돌을 주워 천사상을 조각하던 병사도 있었고, 마을에 돌아다니던 들개를 자신의 개처럼 키우던 병사도 있었다. 나무를 깎아 만든 크리켓 채와 종이에 풀을 묻혀 노끈으로 여러 번 감은 크리켓 공은 여가 시간만 되면 쏠쏠히 활약하던 물건이었다. 몇몇 병사들은 아쉽다는 표정을 지었지만, 우리에게 그것들까지 챙길 여유가 없다는 걸 병사들도 알고 있었다. 생명에 직결되는 것이 아니므로 식량과 탄약을 하나 더 챙기는 게 낫다. 자칫 적과 만나 전투를 할 수도 있기 때문이다.

그러나 알면서도 누구에게나 쉽게 버릴 수 없는 게 하나쯤 있는 법이다.

내게는 도서관이었다.

면사무소 문서 창고에 이제 막 지어진 그것.

이곳에서는 오직 그것만이 나의 것이었다. 마지막이 될지도 모르는 상황에서 나는 짧은 작별 인사라도 건네고 싶었지만, 상황은 그것마저 허락하지 않았다. 여기저기서 밀려오는 보고와 통신과 상황 확인에 얼이 빠질 것 같았다.

쿵!

그런 내 정신을 차리게 해 준 건 지축을 뒤흔들며 울려 퍼진 파공음이었다.

"후퇴! 전군 후퇴!"

나는 후퇴 명령을 내렸다.

적군의 진격이 예상보다 빠르게 진행되고 있어 면사무소로는 돌아가지 못하고 챙겨 나온 탄약과 군장만 가지고 그대로 이동했다. 무전기와 음성으로 병사들을 다그쳐 현재 있는 자리에서 당장 빠져나오라고 했다. 그와 동시에 마을 사람들을 안전한 곳으로 대피시켜야만 했다.

그러던 중 병사 하나가 소를 끌고 가려던 마을 사람과 실랑이가 붙고 말았다. 그 바람에 정체가 생겼고 많은 사람이 뒤로 밀려나 버렸다. 내가 그들을 말리기 위해 그쪽으로 달려가자 재차 포 소리가 들렸다. 이번에는 아까와는 비교도 안 될 만큼 큰 소리였다.

"Shit!"

실랑이를 벌이던 병사가 마을 사람의 손에서 소를 끌고 가던 줄을 빼앗아 멀찌감치 던져 버렸다. 소 주인이 이를 다시 가지려고 하자, 병사는 총을 겨누었고 그제야 주인은 울 것 같은 얼굴로 물러섰다. 전쟁이 한쪽에는 누군가 평생에 걸쳐 쌓아 올렸을 무언가를, 다른 한쪽에는 그 당사자의 생명을 올려놓고 저울질하는 것 같았다. 악취미도 이런 악취미는 없었다.

쾅!

쾅!

거인의 발걸음이 이 조용한 마을로 치닫고 있었다. 사람들은 조금 전과 다른 속도로 움직였다. 이들을 움직이게 만든 것은 일사불란함이 아닌 공포였다. 어른들은 불안에 떨었고, 아이들의 울음은 그치지 않았다.

그 사이로 다시 굉음이 들렸다. 모두의 소리를 잡아먹을 정도의 소리였다.

"뒷산이 포탄에 맞았어요!"

누군가의 외침에 우우우 하면서 너나 할 것 없이 앞으로 달려 나갔다. 통제하던 병사들도 행렬에 휘말리고 말았다. 사람들이 뒤엉켜 너도나도 서로 마을을 빠져나가려 했고 나 역시 급류에 떠밀리듯 흘러가고 있었다. 애초에 질서 있는 퇴각을 생각한 것은 아니지만 이젠 내가 어찌할 수 없는 지경에 이르렀다.

얼굴, 얼굴, 다시 또 얼굴.

보이는 것은 죄다 하얀 옷을 입은 사람들의 얼굴뿐이지만 나는 그곳에서 누군가의 얼굴을 찾고 있었다.

영혜.

그녀의 얼굴을 찾아보았다.

영혜!

그녀의 이름을 외쳐 보았다.

영혜…… 영혜가 보이지 않아.

영혜가 보이지 않았다. 그녀가 보이지 않는다.

영혜는 현명한 소녀니까 이런 상황에서 가장 먼저 피신해 있을 것으로 생각했다. 먼저 걱정을 끼쳤던 적은 없었으니까. 그런데 아무리 찾아봐도 영혜의 모습이 보이지 않았다.

나는 병사 하나에게 영혜를 보았는지 물었다. 그가 고개를 젓자 나는 마을 사람들과 같은 얼굴이 되고 말았다. 다시 포격 소리가 들려왔다. 이번엔 앞의 것들보다 더 큰 것, 아니 그 이상으로 더 큰 소리가 없을 것 같았다. 그다음에 오는 소리는 죽음과 같이 걸어올 것이다.

다행히 사람들의 파도가 차츰 잦아들고 있었다. 두송은 그리 많은 사람이 살지 않는 마을이기 때문이다. 뒤처져 오는 이들의 팔을 잡아다가 앞의 행렬로 옮겨 주었다. 하늘에서 제트기 날아가는 소리가 들렸다. 아군이 본격적으로 대응할 모양이었다.

"소령님, 어서요!"

저 앞에서 병사 하나가 나를 불렀다. 나는 병사가 손짓하는 걸 물끄러미 바라보았다. 전장의 패닉 때문은 아니었다. 내게는 생각할 시간이 필요했다. 그러나 지금, 시간은 사치에 불과했다.

짧은 시간이지만 동시에 아득히 긴 시간이기도 했다.

콰앙!

저 뒤에서 포탄이 터지고, 흙먼지가 하늘 위로 피어올랐다.

그러자 머리가 말끔해졌다.

앞에선 여전히 병사들의 외침이 들렸지만, 나는 피란 행렬이 가는 반대 방향으로 달리기 시작했다.

면사무소로 달려가는 동안 많은 생각이 들었다.

영혜가 포탄 소리에 놀라 기절한 것은 아닐까, 날 놀리려고 어디 숨어 있는 것은 아닐까, 만일 면사무소에 없다면 어떡하지. 숨이 턱까지 차오를 만큼 뛰었는데도 면사무소로 가는 신작로는 평소보다 멀게만 느껴졌다.

"영혜!"

나는 큰 소리로 그 이름을 불렀다. 면사무소가 보였지만 영혜의 모습은 아직 보이지 않았다.

"영혜에에에!"

콰아아앙.

더 세게. 있는 힘껏 그 이름을 부르자 귀가 떨어질 것 같은 소리가 들리며 그 자리에서 튕겨 나갔다. 매캐한 흙먼지가 입안 깊숙이까지 들어간 거로 보아 주변에 포탄이 떨어진 것 같았다.

헛기침을 하며 몸을 일으키자 피가 후드득 바닥에 떨어졌다. 귀에서 흘러내린 피가 뺨과 목덜미를 적셨고, 머리가 어지러워 토할 것 같았다. 아무래도 고막이 터진 것 같았다.

주위의 모든 게 산에서 울리는 메아리처럼 들렸다. 삐 하는 소리가 귓속에서 가시지 않았다. 다행히 면사무소는 아직 멀쩡해 보였다. 그러나 방금 근처에 한 방 떨어졌으니 포탄이 떨어지는 건 시간문제였다. 한시바삐 영혜를 찾아야만 했다.

"영혜!"

면사무소 안으로 들어가 2층으로 올라갔다. 그곳에 미닫이문이 보였고, 다행히 그 안에 인기척이 있었다. 나는 미닫이문을 부서질 정도로 열어젖혔다.

"여기서 뭐 하고 있는 거야!"

"데이비드!"

영혜는 문 앞에서 병아리를 품는 암탉처럼 웅크리고 있었다.

자세히 들여다보니 영혜의 품속에 있던 것은 놀랍게도 책 몇 권이었다. 도서관에 얼마 없던 한글로 된 책을 가지고 나오려 했던 것이다.

"책을…… 책을 구하러 왔어요. 저한테는 피란보다 이게 더 중요한 일이에요. 이 책들마저 파괴되면 내일이 없는 거잖아요!"

영혜의 외침에 나는 한 대 얻어맞은 듯 정신이 멍해졌다. 나와 나의 가족이 포기해 버린 것을 100년이 지난 후, 이 낯선 땅 낯선 시간대에 있는 한 소녀가 지키려 하고 있었으니까.

"그렇지 않아."

그 와중에 나는 어찌하면 영혜를 설득하여 데리고 나갈 수 있을지를 궁리하였다.

"책을 구하러 온 네 마음은 알겠지만……. 책은 전쟁이 끝나면 다시 살아날 거야. 더 많은 책으로, 더 다양한 책으로. 영국뿐 아니라 전 세계에서, 한국으로 책이 날아올 거야. 세상에는 읽히지 않은 책이 아직 많아. 그러니 여기서 이러고 있지 말고……."

돌무더기가 우르르 무너져 내리는 소리가 내가 말을 끝내는 것을 막아섰다. 그 여파로 미닫이문에 붙어 있던 유리가 깨어지며 나와 영혜가 있는 쪽으로 튀는 바람에 나는 쪼그려 앉아 그녀를 감싸 안았다. 흙먼지가 자욱하여 앞이 보이지 않았다. 문을 열자 저 앞 복도의 3분의 1 정도가 날아가 버려 건물의 뼈대와 밑이

훤히 들여다보였다. 이번엔 운 좋게 살아남았지만, 다음번은 장담할 수 없었다.

"……처음으로 뭔가 하고 싶다는 게 생겨서. 뭔가 꿈이라고 부를 수 있는 게 생겨서 좋았는데……."

밖을 살펴보던 내 등 뒤에서 영혜가 고개를 숙인 채 중얼거렸다. 한쪽 귀의 고막이 터졌는데도 어떻게 그것이 들리는지 신기하기만 했다. 영혜의 고백에 나는 답변해 주고 싶었다. 아니, 해야만 했다.

"지금 네게 뭔가 하고 싶은 게 있다는 거 자체가 대단한 거야. 그 자체만으로도."

"저도 제가 어떻게 여기까지 달려왔는지 모르겠어요. 단지 하고 싶은 걸 잃고 싶지 않아서였을까요? 근데 왜 하고 싶은지는 아직도 잘 모르겠어요. 데이비드가 시킨 거였는데, 그냥 그게 하고 싶었어요. 그냥."

"그냥 하고 싶은 게 뭔데?"

"사서."

"사서?"

내가 멍한 표정으로 영혜를 보자 영혜는 내 표정을 읽은 듯 좀 더 말을 이었다.

"책에 대해 더 공부하고 싶어요. 책 정리하는 것도 재밌고요. 데이비드가 말한 그 뭐시기 분류법도 제대로 배워 보고 싶어요.

무엇보다…… 저는 책을 읽고 있는 사람들의 얼굴이 좋아요. 꿈을 이루기 위해 뭔가를 얻어 가려는 그들의 열정이."

그렇게 말하는 영혜의 얼굴은 지금껏 보았던 그 누구보다 행복해 보였다.

이제 나는 알 수 있었다. 뭔가 하고 싶은 것을 시작하는 데 특별한 계기가 없어도 된다는 것을. 그냥 가까우니까, 친구가 가니까, 용병 타자가 2루타를 쳤으니까에서 출발하면 된다. 사랑하는 이에게 잘 보이려는 것도 좋은 계기가 될 수 있다. 오히려 지금은 영혜가 사서를 결심하기에 환상적인 계기가 될 수 있을 것 같았다. '포탄이 날아오는데 갑자기 사서가 되고 싶었다.' 원래 이렇게 인과관계가 뚝뚝 끊긴 계기가 더 멋있게 보이는 법이다.

"그래. 넌 꼭 좋은 사서가 될 수 있을 거야."

나는 그렇게 말했다. 영혜는 그런 나를 보며 기쁘게 웃어 주었다. 지금까지 보았던 영혜의 수많은 미소 가운데 가장 따뜻해 보이는 미소였다. 영혜는 최초의 책을 찾아다닌다고 했지만, 찾은 것은 그녀 자신이자 그녀의 꿈이었다. 영혜는 이미 훌륭한 사서였다. 그녀만큼 훌륭한 사서를 본 적이 없었다.

쾅!

미닫이문 바로 뒤에서 포탄이 터졌다. 나는 본능적으로 영혜를 감싸며 쓰러졌다.

"그렇게 말씀해 주셔서 고마워요, 선생님."

영혜, 아니 윤수가 말했다.

다 읽었다.

모든 것이 원래대로 되려면 책을 끝까지 읽어야만 한다는 선생님의 말은 사실이었다. 이곳은 최초의 책의 시공과 현실의 시공이 완전히 일치하는 지점. 다시 말해 책의 마지막 페이지였다. 그리고 내 앞에 권영혜 선생님이 서 있었다.

"축하해. 책 다 읽었네."

"축하는요, 무슨."

"어떻게 한 거야?"

"그냥 매 챕터마다 최선을 다했어요."

"선생님은 더 자세히 알고 싶은데?"

선생님이 진지하게 묻는 통에 나는 지난 여정을 최대한 복기해 보았다.

"알겠어요. 말할게요. 새로운 챕터를 읽을 때마다 이전 챕터에서 얻은 기억이 고스란히 쌓여 갔어요. 시대가 바뀌고 주인공이 바뀌어도 저까지 변하는 건 아니니까. 그래서 그 기억들을 조금 이용했어요."

"어떻게 이용했지?"

"책들 속에 책을 가둔다는 생각은 에라스무스나 토머스 모어가 아닌 니코메데스가 처음 했어요. 새로 지은 페르가몬 도서관에 최초의 책을 가둘 생각이었죠. 하지만 책들이 다시 알렉산드리아 도서관으로 돌아가리라곤 꿈에도 생각 못 했을 거예요. 게다가 암르 장군 때는 책이 태워질 뻔도 했고요. 그래서 저는 제 경험을 파울로에게 알려 줬어요. 교황청 헤르메티카 사서들이 책이 있는 장소에 암미소나소로 서고를 지은 것에 힌트를 얻어서 챕터에서 나오기 전, 파울로에게 세 권의 책을 전부 작게 제본해서 암미소나소 상자에 보관하자고 했어요. 생각보다 더 작아지긴 했지만요."

"그렇구나. 잘 해냈네."

나는 데이비드 모어가 권영혜에게 준 홍차 통을 꺼내 들었다.

"그런데 선생님, 하나 궁금한 게 있어요. 제가 홍차 통 가져간다고 했을 때, 선생님은 그 안에 최초의 책이 담겨 있는 걸 알면서도 제가 가져가게 두셨어요. 왜 그러신 거죠?"

권영혜 선생님은 이미 모든 것을 알고 있었다. 그 챕터. 1953년은 선생님에게 처음이 아니었다. 그러나 선생님의 선택은 의외였다. 그것은 나도 전혀 예측하지 못한 방향이었다.

"나는 원래 데이비드 모어였으니까."

선생님이 옅게 웃으며 말을 꺼냈다.

"선생님이 데이비드였다고요?"

"그래. 난 모어 가문 사람이었어. 우리 가문이 최초의 책의 관리를 맡게 된 것은 가문 사람들에게만 책을 읽을 수 있는 자질이 있어서였어. 하지만 점점 자질을 가진 이가 태어나지 않게 되었고, 할아버지 대에 이르러 책을 읽을 수 있는 이는 아무도 없었지. 나는 그런 저주받은 집안에서 태어났어. 특별히 더 저주를 받은 채."

"그 저주란 게 혹시?"

"맞아. 몇 대째 나타나지 않던 자질이 강하게 나타났지. 처음 그것을 알게 된 건 대영박물관에서 파트타임 사서로 일하고 있을 때였어. 책이 나를 강하게 부르고 있었지. 그제야 나는 왜 그리 많은 사서가 이를 찾기 위해 혈안이 되었는지 알 수 있었어. 책은 부드럽고 황홀한 목소리로 자신을 읽으라고 유혹했어. 도저히 벗어나려 해도 벗어날 수 없어서 그길로 그것을 훔쳐서 고향으로 갔지."

고향에서 기다리고 있던 건 아버지 존이었다. 책을 훔쳐 도망치듯 내려온 아들에게 아버지는 꾸중 대신 자신의 서재를 보여주었다.

"아버지는 내가 가져온 것을 작은 상자에 넣어 꽁꽁 싸매더니 어딘가에 두셨어. 그러면서 부드러운 목소리로 서재에 있는 책들을 하나도 빼놓지 말고 읽으라 하셨지. 아버지가 모은 책들은 최초의 책에 대하여 역대 헤르메티카 사서들이 연구해 놓은 자료들이었어. 그것들을 읽으며 왜 많은 이들이 최초의 책을 찾는지, 또 그걸 읽는 걸 금기시하는지 알 수 있었지. 그것은 인류가 알면 위험해지는 금단의 지식 때문이 아니었어. 책은 독자의 생기를 빨아먹으며 자신을 지탱하고 있었으니까."

"하지만 제가 읽은 챕터들은 모두 책을 읽는 데 성공한 사람들의 이야기였어요."

"그보다 훨씬 많은 페이지가 책을 읽지 못한 이야기로 채워져 있어. 책을 찾든 그렇지 못하든 누군가 그것을 찾으러 다닌 이야기는 해가 지면서 새로운 챕터로 탄생해. 그렇게 최초의 책은 자신의 몸집을 불렸던 거지."

"그래서 전쟁에 자원하신 거였군요. 책을 없애려고."

"역시 윤수가 내 마음을 잘 아네. 그래. 세상의 끝에, 책도 도서관도 사서도 없는 나라에 그 저주받은 물건을 버리고 오고 싶었어. 동방의 작은 나라에서 벌어진 전쟁은 다시없을 기회였지. 그래서 난 다시 군에 입대했고, 아무도 의심하지 않도록 홍차 통에 그 책을 넣었지."

선생님의 말대로 홍차 통 안은 암미소나소로 꼼꼼히 발라져 있었다.

"하지만…… 총알이 빗발치며 전우들이 적과 싸울 때도 나는 홀로 책과 싸워야 했어. 내 자질은 누구보다 강했기 때문에 책의 유혹은 계속됐어. 어서 자신을 펴라고, 자신을 읽으라고……. 환청이 너무 심해서 아무것도 할 수 없었어. 그러다…… 결국, 나는 통 속에 든 책을 움켜쥐고 말았지."

그렇게 말하는 권영혜 선생님의 얼굴에서 비애가 느껴졌다. 선생님이 너무 안돼 보였다.

"갑자기 시작되었지만, 순조로웠어. 책을 찾아 읽을 때마다 내가 있던 시대가 가까워졌고, 마침내 원래 있던 시대로 돌아올 수 있었으니까. 책이 어딨는지 알고 있었고 몇 페이지 안 남은 상황. 근데…… 다 읽지 않았어."

"어째서요?"

"영혜를, 그 아이를 살리고 싶었으니까."

선생님의 말을 듣는 순간, 나는 그때의 상황을 알 수 있었다.

권영혜는 그날 죽는 거였다.

그것을 안 데이비드 모어는 책장의 마지막을 덮는 것을 스스로 포기했다. 마지막 페이지가 넘어가기 전 데이비드는 권영혜에게 개입했고, 그렇게 자신의 분신과도 같았던 권영혜를 살려 냈다.

"해가 지고 눈을 뜨자 깜짝 놀랐지. 책을 다 읽지 못했으니 그대로 권영혜가 된 채 갇혀 있을 줄 알았는데……. 책의 시대와 현실의 시대가 같아서였을까, 몇 페이지 안 남아서였을까, 인과율도 거스를 수 있을 정도로 강한 자질 때문이었을까. 아직도 그 이유는 알 수 없지만 아무튼 난 현실로 튕겨 나왔어. 그렇게 영국인 데이비드 모어가 아닌 한국인 권영혜의 삶이 시작되었지."

"그럴 수가……."

"처음엔 아무것도 하지 못해서 3년간 반벙어리인 채 살았어. 권영혜의 아버지는 포격의 충격으로 그런 줄 알았지. 그러다 논 한 마지기에 동네 늙은 유지한테 첩으로 보내려 하기에 그 길로 도망쳐 나왔어. 그러면서 생각했지. 이 소녀의 꿈, 차라리 내가 이루어 줄까?"

그 뒷이야기는 선생님이 자주 얘기해 줘서 알고 있다. 권영혜가 된 데이비드는 홀로 서울로 상경해 지독히도 열심히 공부했고, 원하던 사서가 되었고, 국립중앙도서관에 들어갔다. KDC를 만드는 데도 기여했다. 선생님의 모국어가 영어라는 것은 오히려 큰 장점이 되었다.

"그렇게 사서가 된 다음엔 다시 행방을 감춘 최초의 책을 찾으러 다녔어. 『위대한 도서관과 사라진 책』은 그때 일을 적은 일기야. 돌아갈 거라 믿었으니까. 그러나 대영박물관에 가 봤는데도 허탕이었지. 그렇게 포기하고 살았는데, 인생의 황혼에 이르러서야 그것이 다시 내 앞에 나타났어. 그것도 아주 가까운 곳, 풀잎도서관에."

"그래서 국립중앙도서관을 은퇴하신 다음에?"

"응. 풀잎도서관으로 복직했지. 그러나 그땐 책을 읽기엔 많이 약해진 상태였어."

권영혜 선생님은 담담하게 얘기했지만 이젠 들으면 들을수록 화가 났다. 한 사람의 인생을 그렇게 만든 책을 증오하다 못해 저주하고 싶었다. 최초의 책으로 인해 선생님은 60년이라는 긴 시간 동안 자신이 아닌 다른 사람의 몸에 감금된 채 살았던 것이다.

그 책. 인류가 최초로 만든 책이 무엇이기에. 책이 품고 있다는 금단의 지식이 무엇이기에.

"그래서 풀잎도서관에서 나 대신 책을 읽어 줄 사람을 찾으려고 여러 강의를 많이 했지. 도서학교도 하고 행사도 하고 그러다가……. 그것도 그만두었어. 내 욕심이니까. 자질이 보이는 사람이 있어도 책까지 읽게 할 수는 없으니까. 그러다 설령 잘못되기라도 하면 책 안에 갇혀 버리는 거니까."

선생님의 고백에 나는 볼멘소리로 대답했다.

"그래도 그것은…… 선생님이 원래대로 돌아갈 수 있는 마지막 기회였어요. 무려 60년 만이었다고요. 그냥 권영혜가 죽게 내버려 뒀으면 모든 게 원래대로……."

"그럼 너는? 너는 어찌 되는데? 네가 권영혜에 들어가 있는 걸 빤히 아는데 내가 어찌 그럴 수 있니?"

"아아……."

그저 호기심이었다. 선생님에게 나와 같은 시기가 있었고, 나와 같은 꿈을 꾸고 있었다는 것 자체가 신기했을 뿐이니까.

"미안해요…… 선생님. 미안해요."

"아냐. 그건 네 잘못이 아니야. 네가 개입하지 않았다면 여기까지 오지도 못했으니까. 솔직히 조금 흔들리긴 했지만 풀잎도서관을 만들고 좋아하던 영혜의 눈망울에서 윤수 너의 눈을 보았어. 미래에 대한 확신에 찬 눈을. 어떤 어려움도 포기하지 않고 반드시 꿈을 이루겠다는 너의 의지를. 그래서 난 다시 인과율을 어기기로 했어. 그렇게 영혜를, 아니 윤수를 살렸어. 그 선택은 권영혜가 되어 권영혜를 살려 냈던 내 첫 번째 선택만큼 값진 거야. 후회 안 해."

그렇게 말하는 권영혜 선생님의 모습이 조금씩 사라져갔다.

"선생님……."

선생님은 눈물로 범벅이 된 내 얼굴을 어루만졌다. 아직 따스한 온기가 온몸에 전해졌다. 그것은 선생님이 잘못 안 거라고 말하고 싶었지만 말한다 해도 선생님은 통 들을 것 같지 않았다. 미래는 아직 정해지지 않았고 꿈에 대한 확신도 없었다. 나는 아직 안갯속에서 걷고 있었다.

그러나 하나만큼은 장담할 수 있었다. 그 길이 비록 보이지 않고 험하고 멀지라도 그 길의 끝에 무엇이 있는지 알 수 없을지라도, 나는 두렵지 않다. 선생님이 앞으로도 내 옆에 있을 테니까. 내 인생의 챕터 속에서 지치고 포기하려 할 때마다, 내 손을 잡아주며 응원할 테니까. 나의 길잡이가 되어 줄 테니까.

나 역시 누군가의 길잡이가 될 수 있도록, 지금까지 그래 왔듯이. 앞으로도.

"이제 가 봐야 할 거 같네."

"선생님…… 가지 마세요. 선생님……. 선생님……."

그렇게 말하는 내게 선생님은 『위대한 도서관과 사라진 책』을 건네주었다.

"자, 이제 책을 덮을 시간이야. 최초의 책은 거대한 시공간의 페이지이자 현실을 품은 알. 이 책을 덮는 순간 알이 깨어지며 네가 왔던 2016년의 풀잎도서관이 시작될 거야. 어쩌면 금단의 지식이 널 기다리고 있는지도 모르지. 하지만 그보다 중요한 건 이미 얻었다고 생각해. 최초의 책이 그런 것처럼 세상은 하나의 거대한 책과 같아. 나는 언제나 네가 원하는 이야기로 그 책을 마무리해 주길 기다리고 있을게. 윤수가 겪은, 윤수가 좋아하는, 윤수가 가장 잘할 수 있는 이야기로."

그렇게 말하며 권영혜 선생님이 활짝 웃었다.

"선생님……."

"잘할 수 있지, 고윤수 사서?"

"그럼요, 선생님."

나 역시 그러했다.

그 웃음 속에서 내가 가야 할 길이 조금 보였던 것도 같다.

풀잎도서관 뒤에는 작은 동산이 하나 있다.

흔한 강원도의 뒷산이라 막상 오른 적은 없지만, 지금 나는 그리로 향하고 있다. 동산 위의 소나무는 가까이서 보니 더 푸르고 싱싱해 보였다. 풀벌레들이 우는 소리가 잔뜩 메아리쳤다. 그 리듬에 맞춰 콧노래를 불렀다. 책 읽기에 더없이 좋은 날이었다.

나는 보자기에 싸인 『위대한 도서관과 사라진 책』을 쳐다보았다. 어느새 최초의 책은 자신을 마무리 짓기를 기다리고 있었다. 그러나 거기 무슨 내용이 적혀 있는지에 대해서는 관심을 두지 않기로 했다. 아니, 별로 관심 두고 싶지도 않았다. 단 1퍼센트도. 이딴 저주받은 책에 우주의 질서가 담겨 있거나 인류가 알지 못한 금단의 지식이 들어 있을 리 없다. 개뿔, 그런 게 있어 봤자 좋아하는 아이한테 고백받는 주문 정도겠지, 뭐.

산 정상에 오르자 나는 보자기를 풀어 그 안에 있던 함석으로 만든 통을 꺼냈다. 홍차 통에 붙어 있는 상표가 한눈에 들어왔다. 토르나비아젱(Torna Viagem). 다시 돌아가는 여행. 귀향이란 뜻이었다.

통 속의 그것이 내게 소리 지르고 있었다.

어림없지.

세상에는 최초의 책 말고도 수많은 책이 있다.

사서는 그런 책들의 안내자다. 책을 통해 마침내 원하는 곳에 다다를 수 있도록 응원해 주는 길잡이. 그것이 최초의 책을 읽은 사서든 그렇지 않은 사서든 말이다. 나는 최초의 책 따위 읽지 않아도 내 꿈을 이룰 것이다. 그리고 꿈을 꾸는 다른 이들에게 내가 읽은 책을 보여 줄 것이다.

자리에서 일어나 가방 속에 있던 삽을 꺼내 들었다. 최대한 깊게 팔 생각이었다. 팔 수 있는 한 최대한으로. 땅을 파다 잠시 쉬려고 허리를 펴니 저 멀리 풀잎도서관이 보였다. 그곳으로 가는 길은 더 이상 안개에 싸여 있지 않았다.

곧 가을이다. 가을은 독서의 계절이자, 사서들이 바쁜 계절이기도 하다.

바람이 상쾌했다.

작가의 말

마지막이라고 생각한 문학 공모전에서 낙방한 후, 나는 글쓰기를 그만두려고 했다. 아무리 노력해도 안 되는 게 있다는 걸 알았기 때문이다. 그러나 미련이란 게 남아서 정말 마지막으로 딱 한 번만 도전해 보기로 했다. 그때 눈에 들어온 게 오래전에 가닥을 잡아 둔 『최초의 책』 원고였다. 내게 처음으로 글쓰기의 즐거움을 알게 해 준, 첫사랑 같은 이야기였다.

원래는 영국 옥스퍼드 대학교의 어느 고고학 강사가 모든 지식을 알고 있는, 인류가 만든 최초의 책을 찾아 떠나는 모험소설이었다. 그러나 이런 소재는 이미 다른 소설이나 매체에서 다룬 뒤였기 때문에 최초의 책의 이미지는 그대로 두었지만, 그에 대한 정의는 다시 내려야만 했다.

최초의 책. 이 가운데 책이라는 단어에 집중해 보았다. 생각을 거듭한 끝에 책은 '읽는 것'이라는 본질을 해체해 보았다. 즉, 사람이 책을 바라보는 것이 아닌, 책이 사람을 바라본다면 어떨까? 게다가 책이 자신을 읽을 독자마저 직접 고를 수 있다면? 책과 사람의 입장을 바꾸자, 책이 사람처럼 행동하기 시작했다. 최초로 만들어져 아주 오랫동안 인류 문명의 발전을 지켜봐 온 책. 그 긴 세월 동안 책이 만난 사람들에 대한 이야기.

철거 직전의 도서관과 인류 역사 속 내로라하는 도서관들은 최초의 책이 활동한 훌륭한 무대를 제공해 주었다. 이 책에 등장하는 이들은 그 무대 위에서 책을 쫓는다. 그들에게 책은 때로는 출세의 도구가 되기도, 때로는 자아를 확인하는 징표가 되기도, 집안을 일으키거나, 사랑하는 사람을 지키는 도구가 되기도 한다. 그러나 주인공 윤수는 그들의 모습을 보면서 자신이 찾던 것이 최초의 책이 아닌 자신의 꿈(사서)에 대한 진정한 의미였음을 깨닫게 된다.

그런 의미에서 이 소설은 성장의 이야기인 동시에 회귀의 이야기이기도 하다. 윤수는 풀잎도서관으로 돌아가는 과정에서 꿈의 의미를 찾았고, 권영혜 선생님도 원래의 자신을 되찾으려는 과정에서 인생의 의미를 알게 되었다. 이 이야기 또한 책은 '읽는 것'이라는 본질을 해체하면서 시작되었지만, 결국 책은 '읽음으로써 뭔가를 얻는 것'이라는 또 다른 본질로 끝나고 말았다. 이를 보면서 어쩌면 성장이란 자신의 본질과 내면을 돌아보면서 시작되는 것은 아닐까 하는 생각이 들었다. 윤수가 풀잎도서관으로 돌아간 것은 내가 생각하지 않아도 원래부터 그리되도록 정해져 있던 것이다. 나 역시 이야기를 다시 쓰면서 한껏 성장했다는 느낌이 들었으니 말이다.

다만 마음에 걸리는 것은 마지막이라고 생각하며 쓴 나머지, 해 보고 싶었던 것을 다 시도했다는 점이다. 플롯 속에서 인칭을 변경하는 시도나, 현재의 경험을 통해 과거의 사건을 해결하는 구성이나, 역사적 사실을 기반으로 실존 인물과 가상 인물을 섞어 놓은 게 그것이다. 독자에게 이들이 또 다른 재미로 느껴진다면 다행이지만, 만약 어렵거나 서투르게 느껴진다면 그것은 오롯이 나의 불찰이다.

청소년문학 작가의 길을 열어 주신 이상권 선생님, 그리고 작품이 새롭게 탄생하도록 조언을 아끼지 않으신 김혜정 선생님께 감사드린다. 오랜 시간 동안 부족한 작품을 돌봐 주신 자음과모음 정은영 대표님과 편집자들, 청소년소설을 써 보라고 권한 동서에게도 고마움의 인사를 전한다. 사서 업무에 관해 조언해 주신 수원 영통도서관 이중석 팀장님께도 이 자리를 빌려 감사함을 전한다. 어려울 때마다 격려해 준 부모님과 친구들, 곁에서 힘이 되는 내 소중한 가족에겐 언제나 사랑한다고 말하고 싶다.

부디 『최초의 책』을 읽는 모든 이들이 이 책의 끝에서 무언가

얻어 갈 수 있기를. 그것이 비록 금단의 지식이 아닌 좋아하는 이성에게 고백받는 마법이라 할지라도.

2019년 6월

이민향

참고 문헌

- 라이오넬 카슨 지음, 『고대 도서관의 역사』, 르네상스
- 뤼시앵 폴라스트롱 지음, 『사라진 책의 역사』, 동아일보사
- 한스 요아힘 그립 지음, 『읽기와 지식의 감추어진 역사』, 이른아침
- 루치아노 칸포라 지음, 『사라진 도서관』, 열린책들
- 알렉산드로 마르초 마뇨 지음, 『책공장 베네치아』, 책세상
- 피터 제임스·닉 소프 지음, 『옛문명의 풀리지 않는 의문들』, 까치
- 아놀드 C. 브랙만 지음, 『니네베 발굴기』, 대원사
- 이윤기 지음, 『이윤기의 그리스 로마 신화』, 웅진지식하우스
- 움베르토 에코 지음, 『장미의 이름』, 열린책들
- 페터 자거 지음, 『옥스퍼드 & 케임브리지』, 갑인공방
- 전쟁기념관 사이트 https://www.warmemo.or.kr/

최초의 책

초판 1쇄 발행일 | 2019년 6월 15일
초판 4쇄 발행일 | 2021년 7월 2일

지은이 | 이민항
펴낸이 | 정은영
편 집 | 최성휘 김정택
마케팅 | 최금순 오세미 박지혜 김하은 김도현
제 작 | 홍동근

펴낸곳 | (주)자음과모음
출판등록 | 2001년 11월 28일 제2001-000259호
주 소 | 04047 서울시 마포구 양화로6길 49
전 화 | 편집부 (02)324-2347, 경영지원부 (02)325-6047
팩 스 | 편집부 (02)324-2348, 경영지원부 (02)2648-1311
이메일 | jamoteen@jamobook.com

ISBN 978-89-544-3986-2 (43810)

이 도서의 국립중앙도서관 출판예정도서목록(CIP)은 서지정보유통지원시스템 홈페이지
(http://seoji.nl.go.kr)와 국가자료공동목록시스템(http://www.nl.go.kr/kolisnet)에서
이용하실 수 있습니다.(CIP제어번호: CIP2019020377)